涼宮春日的驚愕

（前集）

谷川流

涼宮春日的驚愕（前集）

CONTENTS

封面、內文插畫／いとうのいぢ

第四章

α—7

星期一。

平日生活的第一天就這麼平順地結束了。也許是慵懶的周日假期讓身體過度放鬆，感覺離校返家的路似乎特別長，走也走不完。

有春日等人相伴的路上還沒什麼感覺，但落單後，一絲寂寥忽然纏上隻身走路的我，看來和ＳＯＳ團瞎混已被我視為日常生活的標準模式。我不經意地想找個詞形容習慣了這種日子的自己，雖有種木棍打蛇，蛇隨棍上的感覺，但我想我就是那根棍子。

「算了。」

我停下腳步，沒來由地回頭一望。也許是放學後那群希望入團的新生們的青澀模樣使然，抑或單純是日照等氣候條件的改變，讓這條籠罩於初春景色中的通學路看起來比往日鮮明許多。

「怎樣都無所謂啦。」

這段話不具任何意義。我偶爾會想，所謂的自言自語到底需不需要聽眾，畢竟傳不進人耳的話和發聲練習相去無幾。如此說來，既然我自認沒有自言自語的習慣，那麼那句話的聽眾應該就是我自己。

所謂近朱者赤，若說春日是「朱」，那我老早就「赤」得一塌糊塗了，就算還有機會從頭淋上其他顏色，可能性也遠比高基氏體（註：真核細胞內部構造之一）的直徑來得小。

胡思亂想的我重新順著歸巢本能踏上歸途，並將佐佐木或九曜等新學年的程咬金拋諸腦後。之後該做的，就是在自己房裡按我渾然天成的時刻表等待夜晚、揮別今日即可。說起來理所當然，最後也都一一實現。

所以——

今天已經沒什麼值得一提了。

應該吧。

β—7

也許以崖上落石來形容春日的速度有些誇張，但她下坡的速度確實能和世界級競走賽的選手一較高下。

我、古泉和朝比奈學姊彷彿被一條來自春日背影的透明繩直拉下坡，好不容易踏上平坦的光陽園站前廣場時皆已上氣不接下氣。朝比奈學姊雙手拄膝喘個不停，就連平時與汗味絕緣的古泉都舉手拭額，劇烈程度可見一斑。

「有什麼好休息的啊！既然來到平地了，就快給我跑起來！」

然而，只有這位在體內醞釀輻射物的姑娘不知疲勞為何物，逕自為目標長門家的賽跑鳴槍。

她使出奧運級的速度狂奔。若沒有處於全盛期的企業社團現役運動員那般能耐，任誰也追不上吧。古泉先走一步後，我也替腳程慢的朝比奈學姊扛起書包，盡全力拔腿追上。

「咿、哈呼……」

我配合腳步幾乎打結的朝比奈學姊姍姍來遲，只見春日早已在公寓大門口久候多時，並在確認全員到齊後按下對講機按鍵。7、0、8，呼叫。

『……』

答覆迅速到像是一直守在對講機前似的。

「是我啦，有希。大家都來看妳了。」

『…………』

通話噗滋斷訊，電子鎖大門隨之緩緩開啟。

一踏進停在一樓的電梯，春日就朝標示７Ｆ的按鈕戳個不停。不甚寬敞的電梯同時擠進四人後更顯狹窄，朝比奈學姊的喘息簡直近在耳邊。剩下的，就只有機械細微的運作聲。

在上升速度慢到好比人力拉抬的鐵箱裡，春日的唇線始終沒有打直過，但那並不表示她心情欠佳。當她不知該擺什麼表情時，這臭臉就是她的一號表情。

電梯門在七樓滑開，早已等到不耐煩的春日伴隨快速移動的破風聲朝走道進軍，往７０８號室門鈴又是一陣亂按。

門內人物蓄勢待發似的迅速解鎖，鐵門因而慢慢滑開，背著室內暖色系燈光的影子一路拉到門邊。

「…………」

長門有希身著睡衣，在矩形門縫中悄然而立。

「妳真的能下床嗎？」

長門眼神恍惚地點頭回應春日，並動手從鞋櫃裡拿出相應人數的拖鞋。

「不用麻煩了啦。」

春日直接用腳脫鞋後制止了長門，並將她快步推進寢室。不只是我和朝比奈學姊，在場所有人都已造訪過長門的小天地無數次，所以春日自然對室內格局瞭若指掌。我雖無緣一探閨房，只見過客房和客廳，但無關緊要。

這回我終於有幸踏進這真的只擺了一張床的寢室。還來不及發表感言，春日已將長門哄進被窩，噓寒問暖。

「……………」

凝視天花板的蒼白臉龐上不見任何表情，也看不出有發燒的徵狀。若要挑出幾點明顯不同，就是那睡亂的鳥巢頭。我的鷹眼還發現她眼皮比平時下降了兩毫米，卻感覺不到痛苦。話說回來，她的睡衣實在毫無魅力可言。

直到我稍稍平復下來，才發現內心的激動。

春日掌心貼在長門額上問道：

「有希，妳吃飯了沒？頭會不會痛？」

長門的頭在枕上左右細微晃動。

「怎麼可以不吃飯呢？看妳一個人住，我就知道會發生這種事。嗯——」

春日將另一隻手貼上自己額頭。

「有一點發燒耶，妳有冰枕嗎？」

長門以否定的動作回答。

「沒關係，我等等去買個退燒貼片過來，再來就是晚餐了。有希，冰箱的東西和廚房借我用一下。」

沒等長門允許，春日起身跨步，同時勾起朝比奈學姊的手。

「我就為妳熬一鍋特製稀飯吧，還是要特製鍋燒烏龍麵？不管妳選哪樣，感冒什麼的保證一吃見效！實玖瑠，快來幫我。」

「好……好的！」

抱著一堆拖鞋、擔心地看著長門的朝比奈學姊不知是受了何種刺激，跟在春日身後頻頻點頭。春日在門前煞住腳，對傻傻晾在一邊的我和古泉說：

「你們兩個都給我出去，不可以隨便偷窺女孩子的睡相！」

「那麼，」古泉說：「我就來幫忙跑腿吧，只買退燒貼片跟感冒藥就好了嗎？」

「等等，我還得準備晚飯，先看冰箱剩什麼再說。蔥……蔥……嗯，古泉，我列張清單給你，過來一下。」

「悉聽尊便。」

古泉輕拍了拍我的肩，使了個匪夷所思的眼神後離開房間，留下呆立的我和端睡在床的長門。

春日對朝比奈學姊和古泉下達指令的聲音從廚房斷斷續續傳來。

「怎麼只有罐頭啊？這樣營養哪會均衡，要多吃新鮮蔬菜身體才不會出毛病。實玖瑠，快洗米煮飯，再把那邊的陶鍋準備好。古泉，幫我買蛋、菠菜、長蔥……」

這時的春日遠比平時可靠多了。她雖貴為團長，卻總是在無關ＳＯＳ團的事項上展現頂尖實力。料理工夫自然也不在話下，我的味蕾清楚得很。

不過，現在可不是在瑣事上留心的時候。

姑且問問吧。

「長門。」

「…………」

「妳現在感覺怎麼樣，跟我看到、感覺到的一樣嗎？」

「…………」

「能說話嗎？」

「能。」

長門茫然望著天花板，無力地抬起蓋著被的上半身。看她差點挺不起身、那副搖搖晃晃的樣子，頗有 Undertaker（註：美國ＷＷＥ摔角著名摔角手之一）的架式。

「是那個叫九曜的害妳生病的嗎？」

「不完全是。」

長門宛如手工製玻璃工藝品般的雙眼靜靜地直視著我。

「但是，也可以這麼說。」

「那之前的也是她嗎？就是——」

去年冬天，長門在那雪中怪屋中昏倒時背後有何玄機？在冰風暴籠罩的山中遊蕩了幾個小時，最後發現的燈光竟帶領我們進入逃不出的豪宅，長門還在裡頭發生異狀，這究竟是……

「負載過量。」

長門氣若游絲地說，朦朧的眼神投向被舖。

這傢伙有這麼瘦小嗎？才一天不見，怎麼就變得這麼單薄啊？

這時天啟打進我的腦門，使我注意到某些事。

「幾時開始的？」

我回想著昨天的事說道：

「妳是幾時發燒到非躺下不可的？」

「星期六晚上。」

那是新學年度第一屆不可思議探索之旅搜查行動的日子，印象中她當天的體溫應該正常。

該不會是我在浴室裡接佐佐木的電話那時發病的吧？

「…………」

長門沉默不答，用宛如黃沙般漠然的眼神看著我的胸口。

仔細想想，這背後一定有鬼。昨天，也就是星期天，我應佐佐木之邀，和橘京子、周防九曜及藤原見面，其間卻出現了不速之客——喜綠江美里。

她是大我一屆的學姊，是個蟄伏在長門和學生會長背後的外星人製有機人工智慧機器人。雖和長門跟朝倉一樣同為聯繫裝置機器人，卻屬於不同的資訊統合思念體。喜綠學姊會選在那天在那間咖啡廳當一日工讀生絕非偶然，必定是為監視九曜而來。至於原因嘛，多半是防止九曜對我開什麼宇宙級的玩笑吧。只是那原本是長門的工作，而長門那天並不在場。

一把火衝上心頭，使我不禁想來個一人交叉拳痛扁自己的太陽穴。

我這個超級大白痴，怎麼這麼遲鈍啊！

長門動彈不得，後備系統朝倉也不在了。因此就算派系不同，喜綠學姊仍成了我們身邊唯一的人形聯繫裝置，所以她才會露面，在咖啡廳假扮服務生，若即若離地監視我們。

宛如剛從古老地層出土的和同開珎（註：日本奈良平安時代最古老的鑄幣）般毫無光澤，長門的雙眼不曾如此暗沉，一向有如剛削好的鉛筆蕊般烏亮的黑瞳已不復見。

沒有空調的寢室裡氣溫跟室外一樣溫和，但我的心卻和身體唱反調，不寒而慄。

「我該怎麼讓妳好起來呢？」

她的「病」並不單純，絕非市面上的感冒藥或春日特製料理得以醫治。她感染的可說是某種宇宙病原體，能製造血清或特效藥的也只有長門之流的人物，而這樣的人物就是我眼前的病人。

「…………」

長門略失血色的唇閉上十數秒後終於再次蠕動。

「我不能靠自己的意識治療自己，這必須讓資訊統合思念體決定。」

又是妳家的痴呆大老闆啊？不如請對方直接降臨到我面前，讓我們打開天窗說亮話怎麼樣？

「不可能。資訊統合思念體——」

長門的眼皮再降了約莫一公厘。

「無法直接與有機生命體接觸……所以才製造了我……」

飄飄然搖晃的雞窩頭又摔到枕上。

「喂，沒事吧？」

「沒事。」

我再次確信這絕非普通的發燒，即便是全球名醫組成的夢幻團隊，也解析不出侵襲長門的究竟為何。

那是種天蓋領域那般太空驚悚劇角色所施展的資訊攻擊，只要讓長門過載，就能封住她萬能的外星魔法。

「和九曜談談會有用嗎？」

這是唯一可走的路。倘若長門是統合思念體的發言人，那麼九曜就是天蓋領域那幫子的特務。透過佐佐木和橘京子，我明白九曜也是個能夠溝通的對手。儘管她層次低得遠不及長門，至少說的是日文，應該聽得懂人話。

「對話……」

長門吐出了如呼氣般輕薄的話語。

「對話並不簡單。現在的我能力尚不足以和對有機生命體聯繫裝置對話，我的語言溝通能力並不好。」

這點我早就知道了，但事到如今，我和春日都不能沒有妳這份木訥啊。

「如果……」

長門有如啃咬著無形的苦衷，面無表情地說：

「如果我這個個體被賦予了社交機能——」

無論怎麼在她白皙的臉龐上切割，得到的表情都只是趨近無限小的「無」。

「就有可能得到像朝倉涼子那樣的工具，所以我才會是現在的我。我無法抗拒既定的編程，直到活動停止之前……我都會……保持這樣……」

眼皮降下三公厘的雙眸凝視著無機的天花板。

我將嘴邊的話吞了回去。

假如長門和朝倉的性格對調了，會發生什麼事呢？寡言孤僻的書蟲班長，熱心助人笑容可掬的文藝社唯一社員——擺明是投錯胎了嘛！

不不，在親眼見到之前我絕對無法想像。我可沒被長門用匕首捅過，也沒在那種狀況下被朝倉搭救呢，而我也打從心底慶幸那個是朝倉、這個是長門且深信不疑。抱歉了，朝倉，拜託妳乖乖待在加拿大終其一生吧，我有長門就夠了。光是有長門、春日和朝比奈學姊等三姝相伴，我的幸福指數就要爆表了啊！

「長門，告訴我。」

我屈膝蹲下，將嘴湊近長門那張掛著雜亂瀏海的臉。

「告訴我該怎麼做。喔不，告訴我要怎麼讓妳恢復原狀。」

「…………」

答覆遲遲未果。

隔了一段時間後長門將視線轉向我，而我恭候多時的回覆卻只是短短的——

「沒辦法。」

「什麼沒辦法？難道妳……」

當我傾身向前時……

「喂！阿虛，你想對有希做什麼！」

在學生水手服外罩上圍裙的春日，握著湯杓叉著腰，兩眼拉成等腰三角形地對我怒目相視。

「還不快來幫忙？古泉都去跑腿了，你也該找點事來做，更何況你是最該賣力工作的人。身為雜役的你就該扛下所有肉體勞動，還不快去擺碗盤洗筷子，別讓自己閒著！快給我過來！」

春日抓貓似的掐著我的後頸，當作防災沙包般一路拖進廚房。

幫就幫，妳就儘管吩咐吧。只要長門能痊癒，不管什麼菜都包在我身上。對了，若真能治好長門，關鍵或許就是此時此地也說不定。說不定只要看到春日特製的滋補強身怪異料理，外星生命體就會嚇得臉色發青、鞋也不穿地落荒而逃。不過，那也得難吃到一種極致才行。

然而事實上春日燒的菜美味到讓我不自覺地感激涕零，嘴也無法拒絕，真的是無話可說。生我養我的母親大人啊，孩兒實在對不起您，因為就連春日做的簡餐都勝過您整桌飯菜啊。

雖然無法想像那傢伙生兒育女的光景，不過春日最直系的子孫應該不會有味覺障礙的毛病吧。

春日站在系統廚房裡，將噗咕作響的陶鍋交給朝比奈學姊掌控火候後，直接朝水龍頭對嘴喝了點水，做為告一段落的喘息。

「總算是安心多了。我作夢都沒想到有希會請病假，還以為是什麼重感冒，害我擔心得要命。幸好燒得不太嚴重，吃點好消化的東西再睡個覺就夠了吧。」

「看來不需要上醫院了呢。」

古泉流暢地搭上腔。除了春日，所有人都曉得人類的醫生對長門根本不管用，但閉口不提反倒有些不自然。

「我跟一個醫生很熟，要是有個萬一，我可以向他討點特效藥喔。」

春日擦擦唇角說：

「藥只是吃安心的啦，要治好就非得靠氣魄不可。」

她又開始高談闊論了。

「就是要讓感冒病菌還是病毒覺得『難吃的東西跑進這個身體裡了，快逃吧』，所以藥才會苦。」

「這、這是真的嗎～？」

「那還用說。」

別用那種掛保證的表情對朝比奈學姊瞎掰啦，害她信以為真怎麼辦？

可是沒心情吐槽的我，只是和古泉一起鑽進客廳那張沒插電的暖被桌，任時間漫漫流逝。

古泉購畢返回後，春日就立刻送上勞役免除金牌。而打從一開始就沒建功的我，也在取出櫃中餐具清洗等雜務後告退，只好呆望欽點朝比奈學姊為助手的春日在廚房裡大顯身手。

雖說我不是頭一次見識，不過春日的手藝還真的能讓專職家庭主婦汗顏。無論是切菜刀工還是熬湯手法，對她而言都是小事一樁，不禁令人讚嘆。

「只要習慣了誰也辦得到哇。」

春日一面用小碟子試湯的味道一面說。

「我從小學就開始下廚做菜了耶，還做得比家裡的任何人都香喔。啊、實玖瑠，給我醬油。」

「好～」

說起來春日倒是挺少帶便當的，妳媽不會幫妳做嗎？

「我開口她就會做啊，只是她偶爾想做時也會被我拒絕就是了。想帶便當我就會自己做。」

春日的神情變得略為複雜。

「我是不該這麼說啦，不過我老……我母親的味覺實在不行，她的舌頭一定有毛病。她調味料都隨便加一加，魚也隨便烤一烤，同一道菜煮幾次味道變幾次。小時候我還以為這很正常，所以一直以為學校營養午餐是人間美味呢。後來有一天我自己試著做，結果驚為天人。啊、實玖瑠，給我味醂。」

「好～」

「現在晚餐有一半是我自己做的，因為母親要出門工作，這樣對大家都好。說起來，果然沒有任何練習比得過實際體驗呢，不管是烹飪還是什麼，每天該下的工夫都不可少。雖然我沒有特別練過，只要久了自然就能抓到訣竅啦。實玖瑠，妳試試看味道怎麼樣。」

「好～……啊、好好喝喔……！」

「看吧？這可是我的特製原創蔬菜湯呢。維他命從A到Z應有盡有，喝了保證精力充沛，無論是倦怠還是腦中風，都會被一口氣踢到土星環去喔。」

春日隨口打著廣告，同時將蔬菜湯倒進湯缽。當她順道關火掀開陶鍋蓋時，我的肚子也發出哀嚎，那香氣真是食慾的催化劑。

「阿虛，你別在那邊流口水肖想。這一碗是有希獨享的粥，先幫我端進有希房裡吧，可別把這當成懲罰喔。」

還用得著妳說。現在的我可是赴湯蹈火在所不辭，然而只能為她做那麼多，實在令人慚愧。

我將春日盛好的粥和蔬菜湯裝在托盤裡，小心翼翼地送進長門寢室。朝比奈學姊捧著茶壺和茶杯跟來，古泉手拿春日指定的中藥和裝了水的馬克杯隨侍在後，接著春日一馬當先推開了寢室門。

「久等了，有希，可以吃囉。」

「…………」

長門緩緩起身，無聲的將眼轉向我們四人。

「藥是飯前的，妳就先吃藥吧。這是我所吃過最有效的藥喔，飯等等再吃。我煮了很多，妳就盡量吃吧，妳連午餐都沒吃對不對？」

無私奉獻的春日真是耀眼。若能分得這般活力的鳳毛麟角，那些跋扈的感冒病毒肯定會嚇得拔腿就跑，只要是有基礎生存本能的病原體就一定會這麼做。

「……………」

長門原想下床，卻被春日再次制止。於是長門從古泉手中接過紙包的藥和杯子，對功效懷疑似地望著它們，最後義務性地吞下。

春日似乎還打算親手餵長門喝粥，不過長門婉拒了，自己拿起碗匙，吸了一口。

「……………」

春日伸長了脖子凝視著長門嚼也不嚼地啜啜喝著強身滋養粥的樣子，而朝比奈學姊、古泉和我也是如此。

「……………」

長門望著手中的碗，那眼神活像是觀察碘酒滴上澱粉的變色反應，最後輕聲細細地說：

「好吃。」

「這樣啊，那就好，再多吃一點吧，盡情地吃。然後這是蔬菜湯，原該再熬久一點的，不過我想這樣味道應該都煮出來了。」

長門迅速接下春日遞來的湯缽，大喝一口。

「好喝。」

「沒錯吧？」

春日喜上眉梢，一股腦兒地盯著長門用餐。

長門按一定節奏秀氣地吃著。雖不知春日的親手菜是否感動了她，表情也比吃大碗速食咖哩時更有品嚐的樣子，不過她仍可能只是強拉起自己不振的食慾罷了。端到面前者，長門來者不拒，就算沒必要也照吃不誤。

我有些坐立難安。

不知是睡衣版長門造成的，還是她正默默吞食春日做的養身膳食。或許，是因為長門明明伸手可及，看起來卻比平時還虛弱的緣故吧。

「抱歉。」

我直接出聲打岔。

「借一下洗手間。」

不等回答，我已從寢室移身廁所。雖無內急，不過再讓我繼續看到長門那樣，無名火肯定會燒個沒完沒了。

我坐在潔淨的馬桶蓋上，輕咬嘴唇內側思索著。

當務之急就是找出應先向誰問罪。即使不知該怎麼做，也不能就這麼擱著不管。

一定要給那個喚作九曜的女子一點顏色瞧瞧。長門臥病在床而她卻活蹦亂跳，怎麼說都不合理，一定是有哪個平衡點被破壞了，我可饒不了這種情況。首先得聯絡佐佐木——

「哇！」

制服外套口袋裡的手機冷不防地狂震，嚇得我差點摔下馬桶。

當我想看看是哪位仁兄時機抓得如此神準時，螢幕顯示的不是來電，而是簡訊。

「什麼啊？」

發信人完全是一串亂碼，到底是誰啊？

「啊？」

畫面在打開收信匣的瞬間突然斷訊。病毒？那可慘了，要是之前輸入的資料都毀了，絕對是一場惡夢。

一陣慌亂中，我在黑漆漆的小型液晶螢幕左上角，發現一條閃爍的文字游標。我以前是不是在哪裡看過這樣的東西啊？

沒過幾秒，游標便向右滑去，映出無機的文字。像這樣無視文字變換流洩而出的輸入方式，我的確曾見過那麼一次。

yuki.n〉不必擔心。

長門……是長門嗎？

既然這與我和春日被困在閉鎖空間時所見的一樣，應該也能回訊，於是我忙亂地按下按鍵。我怎麼可能不擔心？回訊回訊回訊，我迫不及待地輸入：

『妳會發燒都是天蓋領域那夥人搞的鬼吧？』

訊息傳出後回覆立刻送來。

yuki.n〉對。

無論怎麼想，這都是我自己的疏忽，真恨不得用氮氣冷凍自己的頭再拿球棒一擊轟個粉碎。沒錯，這都是我將橘京子身邊那尊看似人體模特兒的九曜，視為人畜無害所招來的惡果。還以為她們的目標是我和春日，真對不起長門。

我的腦袋實在是簡單到無可救藥，竟然會一廂情願地認為她們一定是為了利用春日的能力才會接近我。正如古泉所言，長門就是我們ＳＯＳ團中最巨大的壁壘，但直至事發後一刻，我才發現她成了敵方的首要目標。

yuki.n〉我不會讓她們對你和涼宮春日出手。

我焦急地不停按鍵：

『別管我和春日了，我們自有對策，而且現在倒下的不是我們而是妳啊，讓我阻止她們吧。』

一發訊，回應立刻就到。

yuki.n〉這也是我的任務之一□□□□資訊□□思念體正□著和□□□域溝通□試

字串突然結束。

『妳怎麼了？』

長門的寢室和充滿生活感的廁所不過咫尺之遙，卻令人感到無窮遙遠，幾秒鐘的空白也長得難熬。

yuki.n〉 我的驅動??????僥儉儕???偆??暘??奧??偲???偵???偰???

還以為是手機壞了，不過我倒還希望真是那麼回事。

yuki.n〉 ?????傭???拔???偵??側?華??側??偰?????????側??

我看得冷汗直流。長門竟會發送名副其實的電波，真是破天荒頭一遭。難道她投降了嗎？如果真的治不好……

眼前一片黑暗。倘若我汗水淋漓的手一個沒抓好讓手機掉進馬桶裡，我也不會責怪那可憐的手。

就在我即將把電話摔成廢鐵前，字串又回到了螢幕上。

yuki.n〉 我睡一下。

短促的文字油然浮起，卻又立刻溶化在螢幕裡，標準的長門式簡潔語句。

我再強調一遍，我拒絕接受「不用擔心」，想都別想。抱歉了，長門，我不是個圓滑的人，別太高估我。

我衝出廁所，直奔寢室。

「長門！」

見我神色反常，春日先是一陣錯愕——

「笨阿虛，有希剛睡著，安靜一點！」

接著皺眉瞪眼地說：

「她吃飽後就直接躺下，立刻睡著了呢。」

長門一如春日所言般靜靜闔著眼，像個冰封的公主，連呼吸的起伏都難以察覺。

「她一定是安心得睡著了。獨居就是這點不好，身邊沒有人實在差很多。就算自己睡一張床，但是知道其他房間有人、已經起床做些什麼的感覺還是很重要，會讓人會心一笑呢。所以不管是誰，有個人陪總比——」

雖不是聽不下去，不過我現在沒那個心情。背向滿口大道理的春日，身體拉著頭逕自動了起來。

「阿虛，你要去哪裡？」

我衝出寢室，加速跳過玄關，不等停在一樓的電梯直往樓梯間奔去。竄過門廳、遠離公寓，不管三七二十一地跑。

我不知道這時九曜會在哪裡，不過她穿的是光陽園女子學院的制服。若她像長門那樣每天乖乖上下學，也許她就在那一帶。我會來個三段跳甩開警衛，直衝教職員室查詢學生名冊。即使根本問不出或查不到她的住址，但我還是得試他一試。

總之，我不允許自己袖手旁觀。

即使腳步如穿上女神恩賜的翼靴般飛快，只配備低階心肺功能的我，在空氣耗盡時也不得不放慢速度，於是正好停在平交道前。

這裡，也是大約一年前聽春日滔滔獨白的地點。

得趕快調整呼吸才行。暫且集中於深呼吸的我不經意望向鐵軌彼端時，卻不禁瞪大了眼睛，整個人呆若木雞。

周防九曜。

我和長門的外敵就站在鐵路對面，彷彿從未離去。

「────────」

黑色制服，過長量多的長髮，異次元級的生硬表情。

柵欄警示燈開始明滅，宣告電車接近的鐘聲也漸漸傳來，柵欄緩緩地降下。

她怎麼會在這裡？就像……刻意等著我……

九曜分毫未移，與我保持著平交道的間隔。就連我自己做的瓦楞紙箱機器人，都比那腳底生根的站姿來得有人味多了。

鏗、鏗、鏗——

柵欄已完全降下，代表列車接近的鐵軌震動及風聲越來越響。我凝視著九曜，卻看不出她視線落在何方。時機巧得無可置信，絕非偶然，她……

她的確在等我。

揮灑狂風而來的長龍掩蓋了九曜的身影。縱然車廂不多，仍使我有種時間靜止、甚至能一一看清窗後乘客的強烈錯覺。而這錯覺，也一併勾起了下一個強烈的預感。

我突然有種預見未來的預感。當電車走過，九曜已不在平交道彼端，而是站在我背後伸出幽靈般細白的手……

果然是錯覺。

待電車離去、紅色警示燈完成任務而熄滅時，一身黑的九曜仍待在柵欄後方。是她生性就是這麼老實，還是完全沒有表演慾，抑或是對老梗毫無概念？

黃黑相間的棒子嘎嘎升起，九曜水中漫步似的挪移身體朝我走來。我還真想知道要怎麼走，才會讓頭髮和裙子像模型似的動也不動。

沒有實體的全像投影在我數米前的地面靜止了。

我握緊垂下的拳。

「妳對長門做了什麼？」

九曜宛如特大號彈珠的雙眼直盯著我，而本能也立刻警告我不可與她對視，那一定是種懾人魂魄的裝置。

她紅潤的唇開始蠕動：

「我希望能更了解人類……不。」

相隔數步，聲音卻彷彿在耳邊響起：

「的確、不是那樣……我想了解的——」

她的頭側向一邊，我全然沒料到她會有這麼人性化的舉動。

「其實是你……」

什麼？

「想和我交往嗎……？」

妳在說什麼鬼話？

「不必客氣……」

手伸了過來。

外星人。

鏗、鏗、鏗——

平交道再次發聲，兩團紅光交互閃爍，警告人們電車即將接近……然而在我耳中聽來，那卻是遠比正面撞上火車更令我驚恐的警鐘。緊急狀況。這是什麼意思，到底是怎麼回事？線索未免太少了點。原本像個鉛製人偶的她，彷彿被女巫灌注生命般一百八十度大轉變，這究竟代表什麼？

九曜的手仍不停接近，人形的非人之物越來越近。

那是個智能遠超越人類、絕不可能和人類相互理解的銀河外生命體。外型雖是長髮如翼的女孩，內容卻是一團謎……

她的眼有如新月般烏黑。不行，不能再看下去了，視野逐漸變暗。

住手——雖僅短短兩字，但我卻說不出口。我真沒用，都到這一步了……

「住手。」

制止九曜的是另一人的聲音。

我又是一陣驚愕。

來自正後方的聲音充滿了無所畏懼的自信，還有種莫名的活力。那是暌違已久的聲音，也是我再怎麼客套也不會思念的女性聲音。

「我不准妳再接近他，因為啊——」

略感透明的笑聲在我頸邊短促響起。

「這個人類可是我的獵物喔。如果你們真的想搶走他，那我也只好這麼做了。」

一隻裹著北高長袖水手服的胳臂從我的肩頭伸過腦側，手裡握著我記憶猶新的物體——一把寒光懾人的短刀。

被反手握住的野戰刀尖正準確地指著我的咽喉。

「我怎樣都不在意喔。」

那嗤嗤竊笑的聲音使我後頸寒毛倒豎，令人神經麻痺的甜美香味隨著氣流鑽進鼻腔。這人是——

「妳……」

我好不容易擠出聲音。

「……是朝倉嗎？」

「對呀，就是我。還會是其他人嗎？」

無庸置疑的，前一年五班同學朝倉涼子的聲音正從背後傳來。

「長門同學正在休息吧？所以就該我出場了，介意嗎？」

我沒回頭。總覺得我這雙眼一旦確認背後的人就是朝倉涼子，絕對會發生什麼驚天動地的大事。她雖形同長門的影子，卻屬於資訊統合思念體中的激進派，曾兩度想奪我性命，而第二次我真的差點一命歸西。即使那兩次都承蒙長門搭救，但此刻長門人不在此，只有九曜。真是見鬼，我可不想在隨時會反過來吃了我的狼虎間做選擇。

「我是為了處理緊急情況才會出現的，應該沒什麼好奇怪的吧？」

那嬌柔的聲音說道。

「我畢竟是長門的後備系統，只要她故障就輪到我運作，不是嗎？」

長門故障——

想不到事態竟會演變到被抹消的朝倉因而復活，而我還必須借助這殺人魔的力量不可。

「真沒禮貌，我才不是什麼殺人魔。再怎麼說，我連一個人都還沒殺過呢。」

那妳先把刀拿遠一點，我口水都吞不下去了。

「那可不行。只要那個人還在這裡，我就必須忠實地繼續任務。」

握刀那手的食指倏地豎起，指向佇立的九曜。

「她就是暫稱天蓋領域的組織的人形終端吧，我對她很感興趣。如果你當場死在這裡，她會有什麼反應呢。」

以閒聊語氣發表駭人言論的朝倉涼子仍和班長時期一個樣，我完全不希望這世上會有第二個她。

我像個棄置荒漠的乾屍般動彈不得，連現在是冷是熱都分不清楚，只知道鋒刃發出的銀光如太空般寒涼，而九曜的眼神則靜得像地下四樓的空洞。

太安靜了。

我察覺周圍的異狀。閃爍的平交道號誌怎麼了？刺耳的警鐘聲又為什麼消失，電車怎麼還沒來？

我睜大眼睛。紅色警示燈保持明亮，柵欄橫桿在半空中斜立，風也不吹了。鄰接鐵路的馬路上毫無人車……表示……

世界靜止了。

見到遠方天空中的雲朵動也不動，飛行中的烏鴉也被釘在空中，我才慢半拍地恍然大悟。

週遭空間已遭凍結。

「這裡是怎麼了……」

呵呵，朝倉輕笑說：

「我只是不希望有人打擾而已，這樣子不就誰也看不見我們了嗎？操縱空間資訊可是我的拿手強項，誰也逃不出去。」

這是她設下的陷阱嗎？為誰而設？

「好了，九曜小姐。」

朝倉得意地繼續說。

「讓我們聊聊吧，還是妳比較想先打一場？別客氣，我也很想知道你們有什麼伎倆，那也是我的使命之一呢。」

「……立刻放開那個人類。妳非常危險……妳的殺意不是裝出來的……」

面無表情佇立的九曜慢慢眨了眨眼，眼中放出未曾見過的光芒。

「不是妳。我對妳沒有興趣，妳不重要。」

聽見九曜略帶情感的話，朝倉說道：

「真是令人不舒服的回答呢。好吧，既然妳也有這個意思——」

朝倉持刀的手動了，而且快到幾乎甩出殘影，我的眼自然無力追上。多虧我曾在一年五班教室中身陷朝倉和長門的異次元戰鬥，才知道現在是何狀況。我能看見的只有朝倉扭動手腕，將凶器幾近光速地射向九曜，不過我的腦仍得花上數秒來解析眼前所見。

「……危險性提昇兩級。」

九曜喃喃地說，並在眼前接下刀柄，對於直逼鼻尖的刀全無懼色。在我眼中，那動作就像是拿刀刺自己的臉，但事實正好相反。

「……持續提昇中。」

即便被九曜擋下，朝倉的飛刀卻沒有要停下的意思，和九曜握刀的手一同微微顫動著。能以超高速擋架超高速飛刀的九曜雖也是怪物一隻，但朝倉更恐怖，我完全不敢想像那把刀含有多少動能。

「不錯嘛。」

朝倉佩服地說。

「雖然只是小試身手，不過我對那把刀施加的能量，可是比我對妳預測的能力值還要高呢。看來這下有趣了。」

我背後的空氣似乎開始鼓譟起來。要是回頭了，一定會看到朝倉的頭髮如蛇般冉冉舞動，所以還是別那麼做的好。然而，耳朵是塞不住的。

「擴大資訊操作範圍，張設攻擊性資訊，切換至毀滅模式。申請限定空間內局地模擬戰，目的為解析目標對象，請准許。」

當我猜想朝倉在霎時間應該是說了這堆話時，週遭光景逐漸粉碎，宛如一幅被打散的風景畫拼圖一轉全貌，漸展底圖。朝倉創造的充滿扭曲幾何圖樣的資訊操作空間，就這麼再次呈現於我的眼前。

「……危險性持平。」

九曜一片慘白的臉龐逐漸染上血色，語氣也是。

「離開那個人類。」

她仍緊握著短刀，但聲音一點兒也不緊繃。

「我無法和妳溝通……」

九曜的語句完整度有了飛躍性的成長。她將脫韁野馬般的刀拉到臉旁，拖出長髮涵蓋的範圍，接著歪頭鬆手，使朝倉的刀如導彈般忠實保持原路線飛去。

「——！」

三度驚愕的我已不想再有第四次了。

九曜背後閃現出第三個小小的人影——當我的腦歸納出這訊息時，朝倉牌超音速飛刀已在剎那間直刺對方顏面，而那人也像九曜那樣，在破相而死之際抓住刀柄。這位接暗器高手就是——

「喜綠學姊。」

朝倉點出了那人的名字。

「妳來這裡有何貴幹？」

身穿水手服的喜綠學姊，不改在學生會長身邊時的優雅微笑，幽幽浮現於幾何空間之中。在如此詭異的世界裡保持正常表情，反而讓人覺得更加詭異。對不起，現在的我腦子一團亂，連話都說不清楚。

喜綠學姊翻轉握刀的手，將刀刃指向朝倉。

「我是來制止妳的脫序行為的，妳的行動並非出於統合思念體的共識。」

「咦？真的嗎？」

「沒錯，不被允許。」

「是嗎？那好吧。」

朝倉乾脆得完全不像她。

「那個，可以還我了吧？」

學姊攤開手，讓刀……以我的動態視力也追得上的速度慢慢飛回。才這麼想，朝倉又快速念了咒。

劇烈加速的刀直往九曜後腦刺去，疾如雷射，避無可避。

「？」

我不禁懷疑自己的眼睛。

才發覺九曜的身影怎麼突然化為平面，下一瞬間，她已在我眼前消失無蹤。

嗯，就是這樣。站在那裡的只是一公厘厚的等身大九曜看板，只要快速一轉，就像消失一樣。多虧這個變化吸引我的注意，在我重新關心起短刀去向時，才發現朝倉已將順接短刀的手挪回原位，心念一轉就能插進我的喉管。

一發現這點，冷汗一口氣從頭頂全噴了出來。

若不是朝倉接下短刀，那致命刀械保證會讓我一命嗚呼，連腿軟的時間都沒有。

朝倉懷疑地問：

「她逃走了嗎？」

喂喂喂，怎麼對我一點表示也沒有啊？

「沒有。」

喜綠學姊搖搖頭後望向上空，露出整片咽喉。

「她還在。」

九曜在我眼前落下。

保持站姿不動的她，宛如從舞台頂吊鋼絲垂降般落地。她一手抓住朝倉持刀的手腕，另一手攤成手刀冷不妨地刺出。位置是——？

是我的臉。

「！」

雖然狀況變到我都累了，但我的神經仍緊繃得全無鬆懈的餘地。照理來說，人大多都是在事後才明白自己經歷了什麼，而現在就是這樣。

固體般的氣團彈開我的瀏海，使我雙眼一閉，真是失敗。我趕緊睜眼，卻看到九曜的指尖停在我眉間數毫米前，而穩穩抓住黑色制服衣袖下那條手的大恩人，自然是朝倉了。一邊凶器被制，一邊手刀被擒，而我只能像個傻瓜，在兩位人皮惡魔的互相角力中呆立。重申一次，我真的很窩囊。

這麼一來，我豈不是被朝倉連續救了兩次？等等，事情怎麼越來越怪啦？

「九曜小姐。」

朝倉的聲音中帶了點訕笑。

「妳想對這個人類做什麼？妳想殺他，還是想讓他活下去呢？」

視我為沙包的九曜將眼光刺了過來，卻臨時轉向一旁……朝倉的臉應在的位置。

「——我無法理解妳的提問。人類是什麼？殺是什麼，活下去又是什麼？」

那聲音就像是跳過聲帶，從某處的擴音器傳來。

「——回答我，資訊統合思念體到底是什麼？」

她自言自語似的說，而表情——算是有了戲劇性的變化。

九曜微笑了。

美得驚人的玲瓏笑容。

與其說那是種感情流露，反而更像是超精密程式模擬出來的完美笑容。任何男人再怎麼像塊木頭，只要見她這麼一笑，必定會相思病發，日夜為情所苦。抵擋得了的只有我而已，不知情者如谷口等人絕對會一招斃命。

那笑容看得我頓時一句話也說不出口，朝倉則是冷冷地說：

「真是個好表情呢，九曜小姐，不過就到此為止吧。無論是這個人類的生殺大權還是一根指頭，我都不會讓給你們天蓋領域。」

朝倉和九曜在互制雙手的狀態下對話著。

——這·群·傢·伙·到·底·在·說·什·麼·鬼·話！

真是越來越火大。

先說一聲，我本性可是非常敦厚的。若要舉個例子，就連我珍愛的毛線圍巾被老妹心血來潮拿去包三味線壽司，卻被牠使盡反抗本能扯成一團單純的羊毛纖維聚合物時，我的溫度還是低到各彈雙方一下額頭就了事。

既然能讓惰性這麼高的我大動肝火，可見此事非同小可。

啊啊，我懂了。

能在這種鬼情況下巧笑倩兮的人腦袋都有問題，這三人皆非Made In Earth就是最佳證明。

正常人只有我一個，所以才會嚇得發抖。不行啊？咬我啊？

「——天蓋領域又是什麼？」

宛如對話程式般無機，卻又展現無上美感的笑容再次發問，但朝倉不予理睬，逕自宣告：

「攻擊性資訊侵蝕開始。」

腳邊地面開始噗咕噗咕地冒泡，就像片毒沼。朝倉的刀如結晶化的砂般融化、崩解，九曜被朝倉抓住的手腕也被青白色的馬賽克包覆，無數個細小的六邊形沿著手臂如火如荼地蔓延。一眨眼的功夫，原以為會再次平面化的九曜竟化為一條直線。

鏘————

「呃!?」

特大號音叉在耳邊互擊般的巨大金屬聲響起，使我下意識地閉上眼睛。然而這巨響並不長久，彷彿有個巨人將漫天飛舞的音符全都打散了似的沉寂下來。

「…………」

我戰戰兢兢地睜眼，卻遍尋不著九曜。我眼前只剩下喜綠學姊，某妖女的氣息也還在背後。

傷眼的幾何圖案一掃而空，景色也終於回復成原來沿鐵軌舖設的正常馬路，不過我可沒空對這些小事一一詫異。

「這次她真的逃走了嗎？」

前方的喜綠學姊回答朝倉來自後方的聲音。

「妳所建構的資訊防護網遭到不明資訊束突破，我正集中於信標追蹤及修復現有空間當中。」

「肉體資訊的物理性次元變動……她的終端型態和我們都不同，還不需要經過核准呢。」

「看來她並不是個對人類溝通特化裝置，相反地，更可能是種專為和我們對話而打造的轉譯平台。之所以會盯上涼宮學妹，也是測得了資訊統合思念體的動作，並加以推敲而行動的緣故吧！」

「我不認為那只是普通的聯繫裝置，她能夠不經解密就破解我的攻擊性資訊。」

「因為理論基礎不同嘛，如果想對她造成致命傷害，得先分析她聯結領域的編譯法則呢。」

「這個任務就交給喜綠學姊吧，這一戰已經讓妳收集到不少資訊了吧？雖然只是我自己的想法，不過就算無法抹消資訊存在，至少還能夠破壞硬體終端，直接從她的殘骸解析其平台構造不是比較省事嗎？」

「我不允許妳專斷獨行。」

「妳的口氣和長門同學還真像。只不過，現在的她應該會贊成我的提議吧。」

「我會阻止那種事發生，統合思念體不會准許妳那麼做的。」

「哎呀？」

朝倉訝異地說：

「妳什麼時候變成發言人啦？」

「聯繫裝置個人代碼長門有希已將部分自律判斷基準轉讓給我，那是她自發的提議，也受到了統合思念體中心意識的批准。也就是說，我的行動是出於統合思念體的共識。」

「共識？妳是說那群樂天又保守的現狀維持論者？還是暗示我只是個少數派？」

「以上皆是。」

朝倉以天生的資優生語氣嗤笑道：

「我的行為模式還是跟過去相同，還沒覆蓋過喔？」

「妳是緊急應變時的重點後備系統，我和長門的所屬只是有條件地承認妳的必要性，也就是妳現在的可用度比危險性來得高了那麼一點而已。」

「所以我應該先道個謝囉？多虧了你們，我才能復活呢。」

「解除資訊聯結的權限也在我身上。」

「也就是打也打不贏妳的意思吧，也好，我只是以個人意願作為行動基準而已。長門同學讓我明白在哪裡找得到自律進化的可能性，喜綠學姊妳會不知道嗎？她已經越來越不像個單純的聯繫裝置，那麼妳認不認為我們也會有那麼一天？」

才不會咧，我只要長門一個就夠了。很感謝妳阻擋了九曜的攻擊，不過我得強調一件事——

我有長門就夠了。朝倉，我根本不需要妳。

「真是傷人。」

朝倉不假掩飾地冷笑。

我還沒說完。請妳們別把我夾在中間自顧自地交換意見，也替我這個被電波對話夾擊的人想一想好不好？

「聽到了嗎，喜綠學姊？」

還有，既然有空跑來這裡對我揮刀，不如先去幫長門洗衣燒飯吧，妳之前不就是這樣嗎？

「我可是把你救出邪惡外星人魔掌的大恩人耶，怎麼這樣說話呀？」

朝倉笑盈盈地說，心情似乎沒打什麼折扣。

「可惜的是，我沒辦法一直維持這個型態。如果有什麼怨言，就去找我那群優秀的先進和統合思念體的主流派哭訴吧。要不要去拜託長門同學看看？只要她點個頭，我就會從加拿大搬回來陪你喔。」

作夢。我看不管故事怎麼編都唬不過春日，妳就盡情地留學吧。

「是嗎？真遺憾。」

朝倉一陣陣地咯咯輕笑。

「我的臨時活動差不多該謝幕了，有機會再找我過來玩吧。只要那位恐怖的大姊姊不作梗，保證隨傳隨到喔。」

不記得曾找過她的我索性不吭聲，朝倉的聲音卻更為逼近。

「你知道嗎，我和長門其實互為表裡。比起喜綠學姊，我和長門更為相近。現在你眼前那具聯繫裝置是什麼也不會做的，因為她的任務只是旁觀罷了。」

她近得每一字的氣息都打在我耳上。

「怎麼不回頭看看我呢？至少看我一眼當作道別嘛。」

就算是死撐我也不會回頭。想擺出妳的標準班長式微笑就儘管擺吧，說不定我的恐懼會一掃而空，或是被那迷人笑容騙得神魂顛倒。因為在我眼裡，妳和九曜根本半斤八兩。

「怎麼到最後說話還是那麼難聽呀？就這樣吧，我該走了，下次見。」

即便朝倉的聲音和氣息都消失了，我仍僵在原地不動，就像是和喜綠學姊比誰能撐似的，而她也默默望著我。

當我察覺她的制服裙襬正隨風飄逸時，復活的平交道鐘聲嚇得我彈高了五公厘左右。紅光閃爍、柵欄降下，雲朵在高空中飄搖，烏鴉振翅歸巢。

四周恢復了原有的聲息，時間也在不知不覺中重新流動。

喜綠學姊從容地踏出步伐，在我前方絕妙距離處停下。原本還有點期待她會說明些什麼，卻苦等不到她那保持學生會書記笑容的唇有進一步動作。

好吧，算妳贏了。

「喜綠學姊。」

「什麼事？」

「那個人……那個叫九曜的到底是什麼人物？個性說變就變。她的言行不一，和她不是人類有關嗎？」

「我們也無法理解天蓋領域的行動原理，自律意識的有無也仍有爭議，甚至連是否能歸納於具體生命概念之下都是未知數。」

我真是受夠這種機械性的論調了。

……唉，這樣喔，那還真是辛苦妳了，我也不好受呢。可是啊，總之我現在能說的只有──

「能不能先替長門退燒啊？」

「長門學妹是特別任務的執行人，和天蓋領域進行高次元層級溝通是她的使命。」

「她都躺在床上動彈不得了耶，這算哪門子任務啊？」

喜綠學姊仍對我投以微笑，但眼神不知正遙望何處。

「那是無法以語言達成的高層次對話，就本質而言，對地球人是完全不可能的任務。我們雖有過間接性接觸，但是物理性接觸還是第一次。與過去雙方對彼此所知甚少時的經歷相比，已有飛躍性的進展。長門學妹所扮演的角色就是雙方之間的轉訊站，現在也是如此，希望你能好好陪著她。」

「那也不能全都交給長門一個人扛啊。」

要在語尾不加上驚嘆號真是要了我的老命。我將一雙怒眼瞪向相貌超然、一如春風中的日本蒲公英的喜綠學姊。

「不能讓妳或朝倉來做嗎？」

「他們最先想接觸的就是長門學妹，因為她是最接近涼宮學妹的聯繫裝置，我也認為那是理所當然的選擇。」

這事不關己的答覆讓我真的頭痛起來。

難道他們真想擱著長門不管？資訊統合思念體果然是一幫殺千刀的渾球。說不定能最早和來地球出差的長門相遇本身就是種奇蹟。假如朝倉和長門角色互換，或者文藝社碩果僅存的社員其實是喜綠學姊，那麼這樣的現在將永不到來。長門就是一切的關鍵，聯繫裝置之類的詞彙就給我到海王星軌道上涼快去吧。我甚至開始認為，春日想要的根本不是外星人，而是長門有希本尊。不管是主流派還是激進派，都給我和長門到天秤上一較高下，春日一定會指著長門說她比較重的。

「敬請見諒。」

喜綠學姊突然正經八百地鞠躬道歉。

「我能做的並不多，施加在我身上的限制會自動制止我的脫序行為。只要是被允許的，我一定在所不辭。」

穩重的高年級生與我擦肩而過時又微微低下頭，然後朝車站走去。我知道追也沒用，也多少明白這群外星人正在做些憑我的智商所無法理解的勾當，但有句話我想先說為快：

「地球可不是外星異形的遊樂場啊。」

一陣春風吹散了我的嘟噥，而喜綠學姊早已不見蹤影。

不過——

——這句話很有意思……真的。

我沒聽出是誰說的，也聽不出是不是九曜、朝倉或喜綠學姊中任何一人的聲音。

唯一肯定的是，我會聽見這不知從何而來的聲音，應該不是鼓膜將搔弄耳垂的風聲錯認成人話的緣故。

手機總是毫無預警地響起，這次也不例外。

當我拖著沉重腳步打道回長門府時，春日的電話拉住了我。

『搞什麼啊！你上哪去啦，該不會是被什麼邪神召喚了吧？這樣突然衝出去，實玖瑠都被你嚇壞了說！』

「喔……抱歉。我在附近而已，馬上回去。」

『立刻說明你出去的理由。』

「……沒什麼啦，只是臨時想起忘記帶伴手禮，想說買個桃子罐頭回去好了。」

『你是哪個年代的人啊？給我改成水果禮盒。嗯嗯，反正有希沒住院，用不著那麼麻煩啦，買個柳橙汁回來就好，天然果汁一二〇％的喔。』

先告訴我要上哪兒買再說。

『那一〇〇％的就好了，要在三分鐘以內回來喔，知道嗎？完畢。』

我早就習慣被這樣單方面掛斷了，根本不痛不癢。其實這傢伙直腸子單細胞的任性舉動，對我也算是某種鎮靜劑，可說是涼宮春日的正字標記。若非如此，她絕對當不了SOS團這個笨蛋軍團的頭頭。

我像個夢遊病患，在車站附近的超市裡遊蕩於棚架之間，抱起春日指定的加州產一〇〇％柳橙原汁結帳，踏著陰沉的步伐回到長門的公寓。在對講機撥號後，春日替我開了大門電子鎖。

我晚了指定時間兩分鐘才踏進長門家，不過團長大人沒說什麼，從我手中接過果汁寶特瓶，和身邊的朝比奈做了個短傳。

「實玖瑠，先幫我冰起來。」

「遵命～」

完全忠僕化的朝比奈學姊快步跑進廚房。她的跑姿可愛得教人心醉，絕對穩坐值得我捨命保護的人物前三名。
「長門現在怎麼樣？」
「她剛剛醒了一下，現在又睡著了。所以不要隨便進人家房間啊，偷看人家睡相可不是正當嗜好。」
春日的嘴抿成波浪狀，猶疑了幾個四分休止符的時間。
「有希發燒要我們照顧這種事也不是第一次了。雖然那是場幻覺，現在想起來卻怪真實的。」
因為那正是現實啊。集體催眠失效不過是古泉瞎掰的歪理，但是又不能對春日明說，於是我選擇閉嘴。
春日繼續含糊地呢喃：
「有希在鶴屋學姊的別墅馬上就好起來了，這次也會一樣吧？那時她是被滑雪場冷到了，像現在入春換季的時候身體也很容易出毛病，搞不好是一種花粉症呢。」
簡直是說給自己聽似的。
「是啊，沒什麼大不了的，兩、三天就好了吧。」
雖然想吐槽一句根據何在，可惜說這話的就是在下我。真羨慕古泉那條三吋不爛之舌，不管遭逢何等巨變都能把死的說成活的，遲早被閻羅王抓去泡茶。

緊閉的寢室門板上彷彿被拉上禁止進入的黃布條，我只好視而不見，回到客廳。

古泉在暖被桌中伸直一雙長腿，對我輕輕一瞥。

「上哪兒去啦？」

「一個寒酸得像閉鎖空間的地方。」

「我想也是。」

古泉兩肘抵著暖被桌說：

「我這邊接到報告，說觀測到周防九曜和喜綠學姊出現。」古泉指著擺在拼木地板上的手機說：「雖然只是短短一瞬間，不過從你的臉色看來，那一定不是普通的會面吧。」

「是啊。」

我分不清這些外星人是敵是友，也完全不懂他們葫蘆裡賣什麼藥，九曜、朝倉和喜綠學姊都只是披著人皮的怪物。即使人類中偶有幾個傢伙會做出驚人之舉，原因至少還推測得出來，但是對怪物就行不通了。他們的行為模式亂到跟粗製濫造的角色扮演遊戲裡的ＮＰＣ有得比，屬性還強到無視遊戲平衡，實在太超過了。

「你那邊還沒辦法解決嗎？」

「我們已經盡最大努力了。也許能從橘京子身上問出些什麼，不過可能性實在太低，她們的派系和長門這回的症狀幾近無關。其實橘京子一派選錯合作對象了，周防九曜並不是個能溝通的對象。憑人類之軀就想了解資訊統合思念體也不懂的角色，實在太不明智。」

那未來人呢？那個自稱藤原的超級討厭鬼好像一點也不怕九曜。可惡，我怎麼可以把希望寄託在那傢伙身上啊，我連他安的是什麼心都不知道呢。

「只能確定他的目的並不只是觀察涼宮同學，而所有未來人都是如此，不過我們身邊這位朝比奈學姊似乎尚不知情。」

古泉的目光平行飄移停在廚房中忙著洗碗的學姊身上。在她身旁的春日又開始忙得不可開交，一下替湯鍋內容找新家，一下把剩餘食材塞進保鮮盒裡。

「我決定了，我要來這裡做晚飯直到有希康復為止！這是我自己決定的，就算是有希都不能說不喔！」

春日以遠超過自言自語的音量說著，不打算徵求任何人的同意。

全銀河最任性的女人吶，我可不准妳良心發現啊。

春日用不知打哪來的備用鑰匙替長門的房子上了鎖，並如收藏砂金般送進裙子口袋後，我們離開了長門安睡的７０８號室，在公寓大門前解散。

「ＳＯＳ團活動即日起暫停。」

春日仰望公寓，將有些怒意的眼光投向被夕暮染遍的天空。

「在有希正常上課之前，所有人都不用再來社團教室了，要來就來有希家吧。實玖瑠，明天也麻煩妳囉。」

「是！包在我身上！」

誠摯乖順的朝比奈學姊點頭如搗蒜，看得我都快飆淚了，撐住啊。

看來春日和學姊都做好當第一棒看護的準備了。沒有拿團長義務之類的名目出來說嘴，也頗似春日的作風。

我一定也能替長門做些什麼，喔不，只有我才辦得到才對。

現在我得趕回家聯絡某人不可。

在新登場的關係人當中，我知道的電話號碼只有一組。

『阿虛，原諒在下沒能即時回電。在下在補習班時不會開機，只能聽語音留言。你是約明天下午放學後沒錯吧？明天不用補習，應該能在四點半抵達北站前廣場。當然，在下也會向那三人通知一聲。在下敢保證他們一定會來，因為他們看起來也一直在等你聯絡。阿虛，你現在好像很生氣，不過還是建議你在明天見面前先冷靜下來，說不定你現在的反應也是他們計畫中的一環呢。別誤會，在下並不知他們有何計劃，只是在下如果是主謀的話就會這麼做。嗯，晚安吧，摯友。明天見。』

第五章

α—8

隔天，星期二。

多虧了這雙眼不知怎地難得比鬧鐘早上工，我才能在校門前這條讓心臟負荷破表的長坡上漫步。儘管一成不變的通學畫面依然了無新意，但見到某些看似一年級的學生賣力爬坡的樣子，就好像看到去年的自己。能這麼悠然自得地上學也只有現在了，等到下個月，這件事只會變成我心目中的麻煩事冠軍。

呵欠連連的我又沒來由地站著發愣了。

為什麼呢？明明又是一個毫無爆點的早晨，卻讓我有種怪異的感覺。

自從和佐佐木在之前那次形跡可疑的會面以來，我倆就不曾聯絡。儘管如此，我們星期六才剛見過面，應該沒什麼好急的，不過就是這點耐人尋味。明知他們一定會設陷阱讓我跳，但究竟何時會動手，實在令人忐忑不安。尤其是周防九曜和那位未來無名氏一副比綁匪妹橘京子下手更狠的模樣，教人不得不防，未來渾小子不願在大夥照面時露臉的原因也頗令我掛心。雖然從佐佐木的語氣，能確定他回到了這個時代，卻不知他是否近期內又會有動作。看來未來人的思路都是九彎十八拐，包括朝比奈（大）。上次他只是旁觀橘京子造成的綁架騷動，那這次會讓九曜操刀嗎？

我模仿學生會長的語氣「嗯」了一聲。再想下去也沒有結果，還是先進教室拜見我的團長大人吧。這究竟是什麼時候成了我每天校園生活的開幕鈴啊？

當我再次邁步登山時，有人朝我肩頭拍了一下。

「早安。」

原來是古泉。

想不到除了放學之外還有機會和他同行。等等，這該不會是第一次吧？

「嗨。」

古泉與回聲招呼的我並肩而行，微笑得有如成功解除冷凍睡眠並看到目標星球就在眼前的太空船員。

「瞧你一副若有所思的樣子，發生什麼事了嗎？」

不管發生什麼事，一大早就不得不來趟簡易登山的我一直都是這種表情。那你又在陽光什麼啊，你不是春日不穩情緒的頭號受害者嗎？

「是沒錯。」

從畫框中走出來的俊美男子輕撥著飄逸的瀏海說：

「原本頻繁發生的閉鎖空間最近毫無動靜，讓我安心了不少。也許是涼宮同學在招募新生上過度費神，一時無意識地忘了要宣洩她的壓力吧。」

我唉唉唉地搖搖頭。春日啊，妳真是個單純的傢伙。

「雖說單純也是有其複雜之處，畢竟我們無法控制。連涼宮同學本人都掌不了舵了，身為乘客的我們更是無能為力。只是我真的想不到，想加入ＳＯＳ團的人竟然有這麼多。」

抱歉啦，十一位可愛的新生。我知道你們不是專程來受春日擺布，只不過你們在她眼中都是最棒的玩具。

「雖然很希望她能永保現況，不過這頂多只會持續一週吧。看看昨天進社團教室的到今天還有幾個人敢來敲門，就能見分曉了。」

要賭一把嗎？我……好，就折半算六個吧。只要每天都這麼打對折，到週末就會一個也不剩。

「真是合理的數字，那我就賭五人以下吧。」

很好，輸的請飲料。

穿過校門來到校舍口，我想起剛剛在心底打轉的事。

「對了古泉，就這樣放著他們不管真的好嗎？就是九曜、橘京子跟那個未來無名氏──」

「還有佐佐木同學──對吧？」

古泉微笑得有如連日雨後的五月晴空。

「就現階段而言，我還是不確定。我個人認為他們還沒有任何動作，各方聯繫也仍不完全，所以還不到緊盯的時候。」

在鞋櫃前分別之際，古泉遙指我的去向說道：

「他們之中的關鍵人物很可能就是那名未來人。橘京子有『機關』負責打點，如果新型外星人只是想來趟地球之旅的話也無所謂，不過一旦對手是未來人就大意不得了。他的目的不如橘京子明確也不像外星人那麼模糊，反而更難判斷。也許把找答案的工作交給你會更有效呢。」

路邊閒聊就到此結束吧。信奉全勤主義的古泉留下一句「放學見」，便朝自己的室內鞋快步走去。

我也來到自己的鞋櫃前，果決地打開。

裡頭只有我那雙微髒的鞋，沒有任何來自未來的訊息。

虧我現在對什麼不合常理的指示都願意跑腿，朝比奈（大）真是不夠意思，相信下次再會時頭一句又是「好久不見」。

那天課堂上春日亢奮不已，好像不拴住就會直接飄走。不過心不在焉的人不只是她，到底還有多少新生想入團可是關係到我和古泉的荷包啊，聽了她昨天那場聖旨般的演講後還敢來敲門的瘋子會有幾個呢。

讓我較為在意的，就是那位身上水手服新得像剛送洗回來，尺寸卻寬得差點滑下肩膀的女生。從她昨天那種反應看來，她是唯一讓我相信還會再來的人。雖然除了微笑標誌髮夾外全無特色，但那位和朝比奈學姊不同方向的幼齒少女，竟能在魔窟般的SOS團室裡坐得穩如泰山。也許會這麼想是因為我只記得她的長相吧，其他的新生長啥德性啊？不過會讓我腦中一片空白，即證明那群人中夠突出的一個也沒有。

我們校規鬆歸鬆，卻很少見到哪個新生會扮得奇形怪狀，頂多偶見幾條紅得作噁的襪子，或是一開學就把制服改造得不合格。但是在學生會長麾下的風紀整肅部隊出馬後，全都維持不了多久。春日對那種程度的搞怪分子不屑一顧，也絕對不會想去模仿，對於想裝老大逞威風的人更是哼地一聲就趕他回家。

春日想找的不是些只靠擬態嚇唬人的軟腳蝦，而是本質特異的傢伙，也就是著眼於內在或屬性。儘管朝比奈學姊是個例外，可是到頭來她也不是泛泛之輩，可見春日的識人工夫堪稱神技。新學期開始後，春日應該早就把新生教室全瀏覽過了，但是沒有半個新生能讓她心眼為之一亮。也就是說目前的受害者人數為零，讓我十二萬分地安心。

就算有人能通過春日欲將施行的入團考試，也代表那個人仍是普通到不能再普通的普通人。說起來，那種人只是我們的團員、學弟妹，而我也撿到一個能讓我卸下跑腿重擔的可憐蟲而已。

講歸講，我還是不怎麼期待。

附帶一提，該說是拜春日考前猜題全數命中所賜吧，我才能完美搞定今天的數學小考。雖然靠團長灌頂的知識才能難得在考場上威風一次，讓我想痛罵自己一頓，不過現在還挑這個就太難看了。只能希望春日自己多加小心，以免重蹈教導人類用火的普羅米修斯（註：希臘神祇）的覆轍，晚景淒涼。

不過基本上無論是哪尊大神，都別想指望春日被五花大綁就會乖乖就範啦。

不知是吹了什麼風，春日竟沒在放學鐘響後直衝社團教室，乖乖留在教室裡。為了不妨礙值日生打掃，她佔下講桌叫我過去。

怎樣，明天應該沒考試吧？還是妳有內線消息說會有隨堂考？

「我是在等新生到社團教室集合啦。」

春日得意地歪嘴一笑。

「好戲最後才登場，或是根本就沒有。一開始就在房間裡等新生姍姍來遲，不是很浪費時間嗎？所以我乾脆到最後再隆重登台，用團長應有的排場率眾駕到最好，還能順便刷掉比我晚到的人。」

那不是妳一個念頭就搞定的事嗎。請問您打算在幾分鐘後進場呢？屆時進場音樂用「One of These Days」（註：英國搖滾樂團 Pink Floyd 的歌曲）好嗎？

「你偶爾也能出一些好點子嘛，不過用不著那麼講究啦。沒事先從社團教室裡拿手提音響出來真是失策。」

還好我沒在午休時間提出來，否則一想到提著手提音響跟在春日後頭的糗樣就令人鼻酸。又不是娛樂性摔角裡的反派登場秀，別把我當蒙面摔角手使喚。

春日在我擺出敬謝不敏的表情時抬頭看了看鐘。

「晚到個半小時就夠了吧。等人也是一種考驗，不過讓團長等就得付出相對的代價就是了。阿虛，你在聽嗎？我就是在說你啦！」

所以我才會一而再地乖乖挨罰啊，我的零用錢有一半都被妳和朝比奈學姊他們的胃消化掉了說。

「那是你活該。時間就是金錢嘛，花個五分鐘就能回溯百年歷史順便考察一番，你那點錢根本不算什麼。」

連帶想到般，春日從書包抽出世界史課本。

「你社會科打算選什麼科目啊？我已經決定要選世界史了，你也這麼做吧。世界史很不錯喔，要學的詞比日本史優美多了呢。你看，西伐利亞條約不是比武家諸法度來得有詩意嗎？（註：西伐利亞條約：Treaty of Westphalia，一場神聖羅馬帝國內戰演變至全歐混戰，史稱三十年戰爭，最後在此條約簽訂後告結。武家諸法度：由德川家康所頒布，規定諸侯的上朝人數，嚴格限制百姓甚至諸侯的權利義務及生活規範）」

挑著日本人毛病的春日繼續說下去：

「我就替你複習一年級課程來打發時間吧。幹嘛，那種臉是怎樣？看在團員的分上，補習費就免啦。」

我的臉只是對沒事想幫人上課的怪人做出反應而已。心不甘情不願就是在這時用的詞吧，於是我心不甘情不願地拿出課本，打開春日翻開的那一頁，將腦內的鐘撥回古美索不達米亞時期。

「歷史只要死背就好了，所以很簡單，年號也不用太注意。只要背下時序，能夠記得哪個歷史人物在這時候想到啥做了些什麼就萬事ＯＫ了。像金字塔那種莫名其妙的建築物，不是古埃及人真的閒到吐血，就一定是想為子孫留下觀光資源才蓋的。」

這個嘛，我想只不過是因為當時有個被尊為神祇又超級任性的傢伙想做點什麼，就不管旁人意見硬幹到底才蓋出來的吧。以現代史而言，那種人就在我眼前。

「我才不會蓋那麼擋路的東西呢。不過既然提到了，我就在畢業之前在校內立一座ＳＯＳ團紀念碑吧，趁現在決定造型好了。用哪種石材好呢，大理石？花崗岩也不錯說。」

看來她真的很想讓ＳＯＳ團永垂不朽。這麼說來那麼蓋金字塔會不會也是為此？古埃及人是不是為了向後世留下自己曾活在當下的證據，才會一把眼淚一把汗地搬石頭呢？

「就是這樣，阿虛。」

春日就像是見到了懂得舉一反三的學生一樣。

「念歷史就需要這種想法，能讓腦袋遠比填鴨式學習時有用多了，那也是記憶的重點之一喔。你終於開竅了，不枉我一番苦心呢。」

是是是，我承認妳是個好老師，在上學年的期末考也幫了我大忙。能請得到妳當家教，那個眼鏡弟弟一定是個天才兒童，還優秀到不小心開發出時光機呢。

我深信眼鏡弟弟仍悉心照料著草龜，也沒向春日呈報那天的事。雖然我很想知道他替小烏龜取了什麼名，但是又不能找春日問，也許會在哪天不經意聽到吧。

不知是不是我這個ＳＯＳ團吊車尾低材生，喚起了春日貴為團長的威嚴和愛護部下的俠義心腸，她竟拿出比導師岡部更充沛的熱情，希望在學習之路上鋪軌讓我筆直前進。可惜再怎麼熱愛教育，像這時體育老師就無用武之地了。

然而在打掃中的教室，和春日隔著講桌一對一站著接受世界史課後補習的我，是不是也染上了點書香氣息啊？現在我單方面享受著春日的教誨，只能在課本上的專有名詞畫紅線，背後代表的意義沒有別的，就是除了讓對方懇切委婉地說明我有多無力並當做事實照單全收外，什麼也不能做。

一旦遇上高材生積極進攻，悲哀的無能分子就只好唯唯諾諾地被鯨魚和著海水吞下肚，讓我在春日的肚子裡一點一滴地溶化。

由於我還不想被春日的腸胃吸收成為她身體一部分，現在必須讓自己振作起來，陪她狂塞世界史知識都是為了自己。

「考試會出的地名和人名幾乎都已經定型了，所以先背那些就好。就算寫起來只有五成把握，只要人名有印象，這張考卷就很可能沒問題了。雖然最簡單的做法就是讓自己愛上歷史，可是你根本是天生缺乏記憶任何考試招數的能力，我根本不期待。下次你就拜託有希看看吧？很可能會推薦你有趣的歷史小說哦。」

她的藏書裡有歷史書籍嗎，神話之類的倒還有點印象。

「剛開始用那種就夠啦，想更了解感興趣的事物是人的天性嘛。你就先讓自己擁有足以抬頭挺胸，自稱是歷史狂的知識再說吧。聽好囉？以前某個人說過，這個時期是你人生中最關鍵的重要時期，因為這時努力記下的知識會跟著你一輩子。人生方向也常在這時就決定了喔，要是不在十幾歲腦細胞最活躍的時候多培養一點興趣，以後包你後悔。」

春日用彷彿十年後回首年少時代的老成語氣侃侃而談後，繼續講起世界史。雖然都是些冷知識級的小故事，卻遠比生產線式課程更加引人入勝，每一句都深烙在我的腦海裡，也許春日真有向草包灌輸知識的才能吧。

這位團長的確不是個花瓶，個人向心力比起歷代首相有過之而無不及，只不過有點專制罷了。

就這樣，我端站在講桌前聽了半小時春日講義，而這段時間也讓我們的團長知道命運之時就要來臨，才終於放下手上的紅筆。教室老早就打掃完畢，只剩我和春日。

「這樣就夠了吧。」

春日將課本塞進書包。

「一年級的應該都在社團教室裡集合完了。阿虛，我們就來個隆重登場，好好看清那群充滿了今天也要來的熱情和幹勁的學弟妹長什麼樣吧。我的直覺告訴我應該還有六個沒被淘汰，昨天的第一關根本沒什麼，頂多刷掉五個。」

如果沒猜錯就是古泉賭輸囉，真有那麼簡單？假如人數減半是最好結果，那麼五人以下就表示今年的新生沒幾個好奇寶寶。但是就我看來，沒被ＳＯＳ團潑到冷水又不是純粹因好奇而來的新生的確是幾近於零。不如乾脆一點直接變成零吧，這樣我就能從這些細枝末節中解放，回到往日光景……

被春日推出教室又拉來社團教室的我，一眼就看到默默啃書的長門、穿制服倒茶入紙杯的朝比奈學姊、獨自翻著撲克牌玩對對碰的古泉，還有——

誤入虎穴、正好六人的一年級新生。

三男三女。

現在不是因為賭贏古泉而雀躍的時候。真的假的，想不到執著於加入ＳＯＳ團的硬漢還有那麼多，這下麻煩了。

話雖如此，我們的團長仍心滿意足地吸飽了氣，用不輸管樂社練習長號時的音量朗聲說道：

「很好，看來是我誤會你們了。想說一定只剩下十分之一呢，今年的一年級很有看頭嘛。那麼——！」

春日將書包朝我一扔，迅速走向團長席。

「我現在宣布，ＳＯＳ團入團考試第二階段正式開始！」

此話一出，她立刻從抽屜裡拿出主考官臂章轉了轉。

「現在要筆試喔，筆試！哎喲，用不著那麼緊張，只是性向測驗或問卷之類的東西而已。雖然不會直接影響錄取，但還是會成為參考喔。至於個人資料，今後會由我本人負責管理，絕不會洩漏給任何教師或學生，也不會給其他團員看，儘管放心。」

春日的眼像座海底火山般高溫不下，真是個間歇泉少女。

「所以阿虛、古泉和實玖瑠，都先迴避一下吧。啊，有希待著就好。來，新生按一定間隔坐好，動作快。啊，椅子不夠耶。阿虛快去借。」

我除了照辦外一聲也吭不得，暴君就是概不受諫才被稱為暴君的。才在文藝教室肆虐了一年多一點，就完全把這裡當自己家了。希望學生會長能多加把勁，讓她畢業後也不會插牌子說這裡是她的領地。

我、古泉跟朝比奈學姊就這樣踏上走廊，各自引頸呆望關上的門。春日應是認為長門是透明人才讓她留下的，該不會真把她當文藝社附贈的家具吧？

「我去倒水～」

學姊珍重地抱著茶壺，啪答啪答踩著室內鞋消失於樓梯間。目送她那一連串小僕人模樣動作離去後，想爭取點時間的我將書包扔進社團教室，並採取和昨天一樣的行動——向鄰近社團借鋼管椅。早知道昨天就霸著不還了。

當我打算先從電研社問起時，古泉輕巧地舉起一隻手說：

「椅子我已經借好了。我想你和涼宮同學可能不會那麼早來，所以先在附近繞了一圈。就擺在那裡，看來你沒注意到呢。」

我無視那微酸口吻掃視週遭，果然發現五張摺好的椅子就在通往舊校舍的走廊邊排成一列。

「你怎麼不早說啊，這樣我就得白白浪費掉這些時間了。」

「其實也不能說是浪費。」

古泉的臉飄近我身邊。

「我們可是在放學後等了半個小時喔，你和涼宮同學又是怎麼利用這段時間？我個人很感興趣呢。」

就算你用火星和地球公轉軌道難得幾萬年重疊一次的稀奇眼光看我也沒用，什麼事也沒有啦，春日做的事又不會那麼膚淺。

我清了清喉嚨說：

「她好像把讓大家等視為一種特殊屬性了。這次就是故意等新生到齊才來的，我只是陪她胡來罷了。」

「相比之下，我們平常站前集合時她會遲到的機率倒是相當地低，簡直有種在等你這件事上投注了不少心力的氣勢呢。使我不禁聯想到她好像讓誰等都可以，就是不想讓你等。」

那只是面子問題吧。我第一次頭一個到，就只有你們三個都表明遲到那時而已，結果到最後買單的還是我啊。我看她絕對沒有一點在我身上花錢的意思。

「我想話不能這麼說。涼宮同學單獨和你出門時，也不會老是硬要你請客吧，至少會各付各的。我不知道以前她會怎麼做，不過現在的她肯定如此。想不想試試？」

你倒是說說看要怎麼試。

「很簡單，挑個良辰吉日打電話跟涼宮同學說，星期天無聊想出門散散心之類的這樣就夠了。當然，你可以儘管無視我、朝比奈學姊或長門同學。兩個人愛去哪裡就去哪裡，怎麼樣？」

我想了一會兒。

「你該不會是想拐我跟春日約會吧？你是認真的嗎？」

「怪了，我不記得我有說溜什麼約會之類的詞啊？不過既然你都這麼想了，要那麼做我也不介意。倒不知你意下如何？偶爾和團長看場電影，加深你對她的認識怎麼樣？喔不，乾脆就遠離ＳＯＳ團，當自己是普通高中男女，往普通的假日活動邁進如何？也許會有新的發現呢。」

古泉看我的眼神就像望著雛鳥離巢般教人火大，自然惹來我的反彈。

「如果我真的那麼做事情就大條了，還得請你立刻糾正咧。就算地球停止自轉我也不會和她約會，如果會也是我已經不自覺地瘋了。到時就請你全力配合，跳出來一巴掌打醒我。」

「悉聽尊便。可是，這和我的期望似乎徹底相反……」

古泉戲謔的笑臉好像還想說些什麼，但——

「阿虛！你椅子要拿多久！」

春日的大嗓門從教室裡轟了出來，我和古泉像同卵雙胞胎默劇演員一起聳聳肩，轉向擺在走廊上的折椅。

離開社團教室門前時，裡頭傳來印表機嘎沙嘎沙的運轉聲，她在印什麼啊？

答案很快就揭曉了。

．Ｑ１「請問立志加入ＳＯＳ團的動機？」

．Ｑ２「你入團後能對ＳＯＳ團做什麼貢獻？」

．Ｑ３「在外星人、未來人、異世界人、超能力者之中，你覺得何者最好？」

．Ｑ４「上述理由為何？」

．Ｑ５「寫下你親身經歷過的神秘事件。」

．Ｑ６「一句你最中意的成語。」

．Ｑ７「如果你什麼都辦得到，你會想做什麼？」

．Ｑ８「最後一題，請在此表示你的決心。」

．備註「如果你帶了什麼非常有看頭的東西來就有加分機會，快拿過來。」

快斷墨的印表機苟延殘喘地在影印紙上勾出的文字看起來的確是這樣。這就是筆試啊。

我和古泉搬完椅子讓新生全數就座一切就緒後，春日便將試卷發到考生面前。

「限制時間三十分鐘，字數不限，要寫到背面也行。被我發現偷看別人的就當場淘汰，用自己的腦袋好好想一想。」

接著刷地一聲拉長伸縮指揮棒。

「開始！」

只有春日和長門有權監視趕忙聽令的新生，於是我和古泉再次被趕回走廊，而我還順便費了點勁偷摸一張多印的入團試題。

「把這個貼在門上。」

最後，春日以不得異議的口氣塞給我一張亂筆寫上「ＫＥＥＰ　ＯＵＴ！」的圖畫紙，然後砰地關上門。

無奈地用圖釘搞定警告標語後，再次在走廊上稻草人化的我，將好不容易到手的試卷交給古泉。

「這算哪門子的試題啊？」

「說的也是。」

古泉將紙掃視一遍，搓著下巴說：

「這還比較接近問卷呢。問題本身並不難，答起來自然也簡單。若想得高分，應該不至於得傷透腦筋。」

他興致勃勃地輕彈試卷。

「這是某種思考測驗。涼宮同學想知道的，是作答者如何思考和答題傾向。從答題內容就能得知作答者的思維層級，算是一種心理測驗。當然，她很可能也將這視為正式考題，不只是參考。」

應該是正式考題吧，她花了不少時間在孵問題上呢。

我從古泉手中搶回試卷。

「可是要怎麼答才能討春日歡心啊？我看我根本辦不到。從最中意的成語又能分析出個什麼五四三？」

「我是對Q3比較感興趣。你覺得是哪個呢？」

——在外星人、未來人、異世界人、超能力者之中覺得何者最好啊……

「太抽象了吧。」

我背向古泉探針般的淺笑。

「是要比什麼最好啊，每個都不一樣嘛。至少也出個何者最有用之類的還比較好作答。」

「喔？請務必告訴我你的想法。」

這得視情況而定，不能一口咬定。一般而言絕對非長門莫屬，可是長門和全體外星人腦袋裡想些什麼都是個謎。能自由穿梭過去和未來就能輕鬆成為億萬富翁，不像古泉那樣限地點或時間的明瞭預知、透視或瞬間移動也很方便，算是各有優劣吧。我只確定我不會選異世界人，感覺一點好處也沒有。

當我端詳入團試題殺時間時，泉水精靈朝比奈學姊提著沉甸甸的茶壺回來了。

「啊，禁止進入嗎？」

「好像是呢。」

我奪走摧殘學姊玉手的茶壺靠牆擱著，免得讓自己像個在走廊上罰站的呆頭鵝。

「不知道時間夠不夠幫大家燒水泡茶……？」

朝比奈學姊望著教室門為新生操心的模樣真惹人憐愛。雖想把堅持茶要現泡的學姊倩影永遠擺在眼前，不過讓她站三十分鐘的崗也太無聊了點，得想個好點子。

「不如到學生餐廳去吧。雖然餐廳已經打烊了，我還是能請各位喝點自動販賣機的咖啡。」

既然古泉都端出牛肉了，我和朝比奈學姊也不好意思搖頭。難得他會有這麼實際的提案，尤其最後一句特別動聽。

古泉對我輕輕挑眼，又說：

「況且我還欠你一筆呢。」

不說都差點忘了。

我們一行三人離開社團教室，直接光顧設於學生餐廳外的自動販賣機，待人手一杯後在露台的圓桌前坐下。

代言春天的粉櫻日益不敵漸濃的翠綠。去年這時的我，一定無法想像現在自己會和這樣的人們圍桌而坐。

才讓甜滋滋的熱歐蕾在嘴裡翻了兩翻——

「阿虛，你知道入團考試是考什麼嗎？」

聽捧著紙杯紅茶暖手的朝比奈學姊這麼問，我立刻將塞在口袋裡的試卷遞給她。

「就是考這些。真受不了，完全不知道她想找怎樣的人才。」

「嗯哼？」

學姊專注地爬字，像個挑戰默背九九乘法第七段的小女生，看得我心都暖了。

「真是稀奇。」

古泉優雅地將頭一偏，手中的紙杯頓時如德國邁森瓷器般貴氣。

「沒什麼，只是對此情此景發表感想而已。即使只有三十分鐘，能夠三個人像現在這樣聚在一起不被打擾，真是難得的福分。」

古泉再添上高雅的微笑。

「你不這麼想嗎？」

想是會想啦。在時間移動騷動中，我已經和長門跟朝比奈學姊不知共度多少次相同的時光。可是一扯到時間，古泉的存在感就比配角還薄。平時能讓超能力者出風頭的

機會實在太少了，頂多在巨大蟋蟀事件時有那麼幾秒的英雄事蹟。不過那個叫「機關」的在綁架事件中鼎力相助，實在感激不盡。

原想和未來人朝比奈學姊在春日的兩三事上達成些許共識，卻被古泉沒頭沒腦的閒聊打斷，而學姊滋滋啜飲紅茶之餘也不時出聲應對。

話中對春日的神奇力量、世界變化和敵對勢力的動靜隻字未提，聊的淨是不著邊際的校園生活、偶爾從老師同學那兒聽來的笑話、有意購買的桌上遊戲等等，這就是所謂的談笑風生吧。

朝比奈學姊也時而咯咯發笑，時而若有所思地頻頻點頭。光就這副畫面，任誰看來都不過是學姊陪學弟打屁罷了。說不定對正在打發時間的我們來說，這才是時間的正確用法。

不管是未來人還是超能力者——

那根本無所謂。對於一群共同進行地下社團活動的夥伴而言，也許這才是應有的情景吧。

所謂時間因平凡而珍貴。只有在這段稍縱即逝的時間裡，我才能從各類災厄中獲得解放，不必為新出現的外星人或未來人心煩，也不用受春日的新點子威脅。雖然對長門的缺席感到遺憾，不過又不能丟著春日不管，足足三十分鐘耶。

我果然還是無法想像ＳＯＳ團出現第六名以上團員，也勾勒不出少了長門、古泉或朝比奈學姊的景象。

我突然有點想反駁當年說了「風水輪流轉」的那位仁兄。這世上還是有些亙古不變的事物，例如昨日記憶。那時有我、有春日這般的記憶，這些即便不翻開相簿也不會忘懷。

將朝比奈學姊的歡笑珍藏心底時，我不禁感到一絲惆悵，畢竟再不到一年，三年級生就要畢業了。

但這段時光將在時間中刻下永不抹滅的一頁，留存在我和學姊等人的心中。非這樣不可。深思的我將涼掉的熱歐蕾一飲而盡。就算是古泉請的，我也不覺得特別慶幸，也沒有特別香。

不過，這依然別有一番樂趣。

現在的我，仍擁有感受這點小事的心力呢。

半小時後又過了十分鐘，我們回到社團教室，只見龍心大悅的團長正翻著一張張繳回的試卷，裡頭除了比隱形人更透明的長門外誰也不剩。

「一年級咧？」

對於我的詢問，春日回道：

「都回去了。筆試到此結束，我跟他們說不管覺得及不及格明天都要來，只要不是半吊子的都會留下來吧。」

「要怎樣才算及格？」

春日將收回的一疊紙咚咚敲齊。

「我才不會用這種考試決定新團員呢。這些問題都沒有標準答案，不過我會把寫得有趣的先列入參考。」

看來只是想讓他們跑這一趟。這對有義務陪團長耍寶的團員倒還好，對非團員來說不過是添麻煩而已。

「笨蛋，我當然有我的考量。跟你說，其實參加考試本身就是一種耐力測試。會被這點程度就打垮的，明天不就自動消失了嗎？」

只是某種篩選嗎，那網目也太粗了吧。

「我還想為他們泡個茶呢。」一心想服務新生的朝比奈學姊說：「都已經回去啦？真可惜。」

我不禁同情起那群一連兩天都沒機會嚐嚐學姊手藝的參賽者。

正當我忙著凝視立刻煮起水來的學姊時，春日又開口了。

「阿虛，你是我無條件錄取的團員，要心懷感激。」

春日盤坐在椅子上。

「要是再這麼混下去，小心一個不注意就被新來的追過去喔，因為能通過我最終試練的一定是個超優秀人才。不過我是想把面試擺最後啦。」

春日手拿紅鉛筆檢視試卷並不時加筆。

「要不要現在就來試試看團長面試啊？如果答得好也能考慮替你升級喔，還可以當作工作面試預演呢。」

再怎樣也不會和正常公司行號的面試扯上邊吧。就算春日當老闆親自面試新人，一般的問答也絕對不會是錄取標準。要是在這傢伙的儀式上被釘得滿頭包而讓人生留下陰影，那也太慘不忍睹了。

「恕不奉陪。」

「是喔？」

春日的情緒絲毫不受影響，喜孜孜地轉向她的試卷。老實說那看起來還真的挺有趣的，於是我問：

「春日，也分我看一下嘛，我對那群小鬼寫的東西很感興趣耶。」

「那可不行。」

春日不假思索地說。

「這會違反我的保密義務。上面還有個人資料，當然不能隨便給人看。反正團員是由我決定的，你看了也沒用。」

那雙晶亮雙眸白了我一眼。

「尤其是不能給好奇心本位的人看，挑選團員是團長個人的工作。」

我只好壓下剛抬起的屁股。唉唉唉，看來團長獨攬新團員生殺大權，完全不打算採納我們任何意見。除了幾乎隨見隨收的我和長門，朝比奈學姊和古泉的確是春日欽點入社的。

話說回來，今天的六人中又有多少能撐到春日口中的最終試練呢？

「嗯？」

我看著學姊將熱水注入陶壺的背影，突然想起一件事。今天這六個都在昨天那十一個裡頭嗎，該不會有沒來過的吧？既然想入社的不一定會在同一天同一時刻出現，那麼淘汰率其實不只五成囉？

聯想挖起了深埋的記憶。

對了，那個女生也在嗎？就是昨天那個似曾相識，唯一吸引我目光的女學生。要不是一來就被春日趕出社團教室，我應該有時間慢慢欣賞榮獲筆試機會的六張臉。

真令人在意。

古泉拿出UNO開始洗牌，用膝蓋想也知道看他發牌解不了我的惑。待朝比奈學姊將香氣豐醇的現泡茶端上桌後，我們閒者三人眾便開始牌局，但我腦袋有點莫名地重。這種考試還有三十秒就要結束，卻想不出某個超簡單答案的感覺是怎樣？

我下意識望向長門。

不停看書的文藝社社長對椅子一公厘也不離不棄地文風不動，不難猜想她在考試中也把自己當作銅像。不過既然長門沒動也沒出聲，即代表世界仍然和平，至少希望入社的新生中，沒有像天蓋領域的九曜那樣命名格調令人不敢恭維的人物。

「…………」

八分休止符的間隔後，翻著頁的長門如同發現誤植處似的停下手指，以公厘為單位抬起眼來。

濕拭石板般的眼看了我一會兒，又若無其事地落回書頁間。

僅僅如此就能使我安心。只要長門還在社團教室裡啃書，世界就不會被扔進曼陀羅草提煉的毒汁裡。春日仍埋首於批閱試卷，我、古泉和朝比奈學姊也只好讓自己忙著玩牌打發時間。

雖然對想入團的新生有些抱歉，不過無論你們是有心還是無意，都先替我陪春日好好玩玩吧。

可以的話，我希望明天能來三個。若考慮到衰減率，這人數應尚稱合理，不過一次刷掉太多只會讓春日提早發悶。新生喲，至少要撐過這週末啊。

β—8

隔天，星期二。

人腦構造真的很精巧。就算在床上翻了老半天才總算睡著，我的身體還是不允許自己在被窩裡浪費時間。多虧眼皮在鬧鐘發威前自動扒開，我才能在校門前的殺人坡上牛步，不過我的心情可沒那麼悠哉。和一個個認真爬坡的新生錯身而過、與了無新意的通學景致融為一體的我，踏著比平時稍快的腳步穿過了校園大門。

再這樣下去，我的心情只會越來越沉重，趕緊釋壓才是上策。因此，我的第一步就是向春日吐苦水。

到了教室，卻發現春日的座位只有空氣，看來我真的來得太早。儘管想說的多如繁星，說得出口的卻少得可憐，這已經不是字彙貧乏的問題了。我現在完全能體會朝比奈學姊的心情，無法用語言表達的事物到底要怎麼說明？用肢體語言還是畫圖？

兩邊都是NO，說明不了的擱著不管即可。簡而言之，只要長門回到我們的日常生活中就天下太平了。那天的到來當然是越早越好，因為長門發燒越久，春日的疑心也會堆得越高。為了替長門治病，會發生什麼春日性災難也不為過。

就我而言，即便一切倒回一年級開學典禮那天我也不覺得奇怪，只是我根本不想在爬山喘得像條牛時被送回起點。我沒自信能因此度過一個完美的高一生活，而且總歸來說，我喜歡現在我們這夥人。好不容易都經營到這地步了，怎能讓這一年付諸流水，我一定要和大家攜手衝破終點線。

「啊，原來是這樣。」

我坐上硬梆梆的課椅，腦袋就立刻翻出答案。雖然我無意地發現自己異常焦躁，又因為分析出自己有此發現而佩服自己，但一言以蔽之，我只是害怕一個身邊親近的人會就此消失。回想起來，這也不是第一次了。春日消失那次會慌得我手忙腳亂，是因為整個世界都天翻地覆，所以先不追究。朝比奈學姊在我眼前遭到綁架、長門無法上學，在在都讓我煞費苦心。這點絕對不假，無須舉證歷歷。

應能說同理可證吧。假如時間倒回一年前，我得再聽一次春日那番語不驚人死不休的自我介紹，而我的善變又在那時因年輕氣盛發作，那麼我會想搭訕春日的機率只有五成，至於付諸行動也不過是偶然的產物。若連帶地讓我和笨涼宮春日跟谷口等孽緣人毫無交集地在一年五班悠悠度日，我就不會被掐著脖子拖進文藝社教室。我不會和長門接觸、不會看到沒戴眼鏡的長門、不會看到朝比奈學姊自綁匪手中返回、古泉不會轉校過來，所有人都無緣參與孤島兇殺劇或拍攝那部蠢電影，在悠悠的時間中隨波逐流。一無所為、毫無起伏，一味索求寧靜與怠惰，變成一個普通的高二生。

講了那麼多，也不過是種「可能」，在結果一翻兩瞪眼的現在毫無意義，機率等同於零。已經拍板的事實，怎麼翻怎麼看也不會從無變有。

現在請別問我想怎麼選，我可沒有為了找個明確答案而猶豫的美國時間。

這麼一來，我就得扛起責任了。捨我其誰的絕不假他人之手，辦不到的就找個能人賢士分擔，我就是這樣一路走過來，以後也會如此。就算不仰賴能言善道的古泉，這點盤算我還是做得來的。

去年，長門在鶴屋家的滑雪場昏倒時，古泉的腦袋發揮了絕大效用，但如今他也力有未逮吧。他若有能力阻礙突然現身的異常外星生命體九曜，那麼他早就動手了。

至於長門，也因為資訊統合思念體的敕令，陷入了讓我和春日都開心不起來的事態。能打破現狀的除春日外，只有我一個。

到目前為止我也欠了長門不少人情，要是不趁現在還個幾成，地球人的面子該往哪裡擺？休想要我向刀不離手的朝倉和神出鬼沒的喜綠學姊低頭啊。況且，我國中以來的摯友佐佐木也名列其中。儘管摯友是自稱，春日和我都覺得她有點怪，卻遠比其他相關人物還正常。我和她共處了一段足以信賴彼此的時光，相信何種讒言也說不動她的耳根子。我倆之間根本沒什麼好分男女的，我在她身上並未感受到任何生物學上的差異，佐佐木也是這麼看待我，始終如一。

幸好我寄了賀年卡給她，她仍想在今年同學會上與我笑容以對吧。憑她的演技，和我像個國中同學般對話絕對易如反掌，這點我比誰都相信。

到現在我才深深感到佐佐木確實是我的摯友，即便是十年後偶遇，她仍會輕鬆地給我一聲「嗨，阿虛」並開口閒聊。她就是這麼珍貴的一個人，也是不會受橘京子或藤原的誘惑矇騙，雙腳穩踏地球的正常人。

就算橘京子、藤原、九曜各與古泉、朝比奈學姊和長門針鋒相對，佐佐木也不是我的敵人。她是我的舊識、國中同學，沒有別的。橘京子、藤原和九曜，你們真是挑錯對象了，我所認識的佐佐木可不是幾句好話就能籠絡的老實地球人，她是個骨子裡比我還難搞、比春日還頑固的經驗法則主義者啊。

如此說服自己後，我尋回了精神上的寧靜。萬事俱備，只欠春日。

春日在第一節課預備鐘響起後仍未出現，想不到她也會有陷入遲到危機的時候。

我默默將視線盯在黑板上，用背來感受後方空位的變化。

就要開始了。宣告這天一切開始運轉的並不是在床上睜開眼的那一刻，而是春日在背後就座使我習慣性回頭之時。一年來整個流程就像是個不成文規定，三百六十五天如一日。

就我的日程表看來，今天將是有史以來最長的一天。

撐住啊，長門，我們一定會想法子治好妳。啥天蓋領域的鬼平台周防九曜，就是當下唯一必須徹底打垮的對手，未來人什麼的以後再處置。

班會課鐘在我定下難得的決心時響起，一直到最後鐘響結束前春日才終於現身，幾乎和導師岡部同時踏進教室。與以往不同的是，她慢吞吞地穿過教室後門，表情也不怎麼清爽。

春日一坐下就注意到我的視線並回了個眼色，從制服口袋掏出鑰匙輕輕一晃又收起，但說明得已經夠多了。

「我順道去看了一下有希。」

在班會結束第一節課開始之際，春日解釋道：

「我想為她做點早餐，就自己開門上去了。」

「怎麼樣？」

「你說有希？她在睡覺。她在我開門探望時起來和我對看一眼，又安心地繼續睡了。我也不好意思叫醒她，所以做好早餐就走。嗯——她燒得好像不是很嚴重，不過還是多休息的好。」

「說得也是。」

春日「呼」地輕嘆一聲。

「看到有希躺著的樣子，我就好想……」

她猶豫了幾秒，以降了一階的音調說：

「好想一把抱緊她。你別亂想哦，我只是有種要抱她一下病才會好的感覺而已，不過那是不可能的事。為什麼會有這種感覺呢？」

春日拄著臉別過頭去，表情不是操心，反倒像生著悶氣。不知怎地，我似乎能看穿春日的心思，讓我的心也躁動了起來。不過那一定是錯覺，就算有個萬一也不會想摟春日這點就更別提了。

無論主因為何，可以確定的是我和春日見解一致，古泉和朝比奈學姊也是。

活跳跳的長門……這樣形容好像不恰當，總之長門在床上要死不活的樣子沒人想多看一秒。文藝社團教室才是最適合她的地方，就算天天留宿也無所謂，那裡的設備還夠她這麼做。少了長門的社團教室，就像是最後的晚餐上少了基督般黯淡無光。

話說回來，有件事我非得向春日報告不可，說不定還能拜見春日的蠢樣，只是生物老師的到來使我沒能開口。

看來下次下課前的數十分鐘會帶給我一段相當長的主觀時間。一句話會讓我這麼掛意，和話本身的分量自然脫不了關係。

聽不下也記不住的課程告終後，我立刻回頭徵詢團長的意見。

「我有話要跟妳說。」

「什麼？」

春日柳眉一挑，看著我的雙眼也睜大了些。

「能在這裡說嗎？如果是什麼秘密，要到屋頂或逃生樓梯間去說都行喔。」

「不需要啦。妳今天下午也要去長門那邊吧？」

「那當然。」

「我就是要說這個。今天我碰巧有點事，不能過去探病了。雖然還是很擔心她的狀況……」

當我因春日會作何反應而忐忑不安時，她的眉眼卻突然恢復原狀。

「嗯，這樣啊。」

她捏著顎尖，不知在打量什麼。

「怎麼了，該不會是三味線脫毛啦？」

我還沒來得及反應，春日又說：

「不對，不可能。應該是有什麼要辦吧，好比說……」

缺乏即興胡扯天賦的我佇得像個棒槌。

「算了，管它的。反正你有來跟沒來一樣，老是拖著全部人不請自來，對有希也不太好意思。飯有我和實玖瑠做就夠了，最少也會有我陪她。」

她的思緒又下潛了幾米。

「也對，嗯，沒錯。在那邊那樣應該不太好，對。嗯，就是那樣。」

她腦袋就像換了一副線路似的。

「兩邊都不能丟著不管呢。」

嘀嘀咕咕的春日似乎已做出了結論，重重將頭湊到我臉邊。

「今天你就不用來了，古泉也是，有我和實玖瑠去有希家就夠了。她這兩天應該沒洗澡，我想幫她擦個身體，要是有男生在反而麻煩。沒事的啦，只是小感冒而已，靜養才是最重要的。」

春日重新坐正，又心念一轉站了起來。

「得先和古泉說一聲才行。雖然推給副團長不太好，不過他一定能勝任。看來我還是沒辦法視而不見呢。」

滿口謎語的春日擺出心生鬼點子時特有的笑容，一溜煙衝出教室。她切換行動和執行提案的速度簡直跟原子核粒子有得比。

目送瓶鼻海豚襲擊沙丁魚群般的背影離去後，谷口的賊笑和我轉回原位的視線撞個正著。

「我說阿虛啊，你和涼宮到底在談什麼談得那麼認真啊？該不會是打算要把欠稅一次付清啦（註：此語也有結婚之意）？你這個背叛者。」

我完全聽不懂你在說什麼，反正到現在為止我要付的也只有消費稅而已。

雖然谷口不至於看不見我擺著手噓噓趕人，但他仍像隻怪鳥咕咯咯地怪笑。

「我看就算翻遍整個世界，能跟在涼宮身邊打轉一年的也只有你而已。既然你每天都能輕鬆刷新最長紀錄，乾脆就永遠這麼下去吧。阿虛，你擁有和怪人融洽相處的天份，我說的準沒錯。」

我看是錯誤百出吧，你每一科考卷都是這麼說的。

「你還不是一樣，考試才不是發揮天賦的唯一手段咧。」

這種話只有另有成就的人才能說吧，而且結果會決定一切，在我們這種一事無成的人嘴裡頂多是逃避現實的藉口。

「也許吧。」

谷口照舊親暱地搭上我的肩。

「不過呢，有些事我也能刷地一下就弄得清清楚楚。你跟涼宮很搭，和朝比奈學姊就完全不是那麼回事，這樣不就好了嗎？啊？」

啊什麼啊？

我捏起谷口的手背說：

「你自己又怎樣，有哪個年幼無知的天真少女被你拐了嗎？」

「那種事以後再說，反正到暑假前時間還多得是。首先就是黃金週了，得趕快打個短期工看看能不能碰到好女生。有道是皇天不負苦心人啊。」

谷口一隻手朝天伸去，說多蠢就有多蠢。

「你白痴啊？」

這就是我所能回的最恰當的話吧，我看已經沒有別的詞好形容他了。你去年不也說過一樣的話，結果又是怎樣？我的記憶裡好像只有一大串零耶。

算了。谷口，我很高興又能和你同班。雖然心情和手邊只有一把壕溝鏟卻受到機械化步兵連包圍的前線指揮官差不多，不過和谷口之間的這種蠢對話能讓現在的我放鬆多少，仍不是三言兩語就道得盡的。

擁有一個和自己程度相當的朋友的確很重要。就算我們都認為對方是天下第一傻瓜也沒關係，因為只有自己才知道自己過去有多傻。

要是有人不知道，那麼他不是個空前絕後的天才，就是滿腦子虛榮臉皮厚如象龜的人形生命體了。

到了午休，春日想和古泉說的事便不揭自明。

我吃完便當想上廁所時，不知靠牆埋伏了多久的ＳＯＳ團副團長，一和我打照面就說：

「我有兩件事想向你報告。」

古泉從環抱的雙臂間挺出兩根指頭，表情清爽得像個深信降雨機率百分之零的氣象預報員。

「一件算是個好消息，另一件說起來則是不好也不壞。」

那就從不好也不壞的先說吧。

「涼宮同學命令我在社團教室裡待命。」

這個嘛，我是不知道春日為了什麼禁你足啦，該不會是在哪個沒聽過的城堡裡砍了誰吧。

古泉四兩撥千金地說：

「簡單來說就是看家而已。她要我在放學後仍得在社團教室裡待上一段時間，似乎是不能空著不管呢。」

為什麼？原住民長門、團長春日和女侍朝比奈學姊都不在的社團教室，利用價值應該比油蟬蛻的殼還低。

「哎呀，你忘了嗎？招新傳單還好端端貼在原處，沒被撤走喔。」

……我都忘了。

「對特殊事物有敏銳觀察力的新生，也不一定會想加入ＳＯＳ團，或許涼宮同學就是這麼想的。不敢來就別來，省得讓人白費力氣之類的。不過，她現在似乎沒那個心，把招新的優先層級下修了。」

長門都那樣了，春日也熱心到今天一早就登門做飯，看來眼下真的不是想新團員的時候。

「正是如此，不過她也沒把想入團的新生可能性當作零，這種心思不是很有團長風範嗎？與你相比可是冷靜多了。」

想酸我可以說得再難聽一點。

「我只是直述個人感受罷了。不過說得也是，你有你自己的正義，那算是正義過頭所造成的非理性衝動行為嗎？遺憾的是，只要是否定你的信條的人，都會被烙上邪惡的走狗或間諜的印子吧。因為你就是這麼正當。」

大概因為這句話，是從一個總掛著溫柔微笑的渾小子嘴裡吐出來的，我實在沒有被誇獎的感覺。

古泉忽視我有如飢餓眼鏡鱷的眼神，以大提琴般的溫厚嗓音說：

「接下來是好消息的部分。因涼宮同學而每晚出現的閉鎖空間和《神人》，在最近銷聲匿跡了。就預測數值逆推後的結果顯示，幾乎能斷定《神人》會沉靜一段相當長的時間，我身上的擔子也總算卸了不少。雖然這只是我個人的見解，不過就事態走勢看來實在令人欣慰，畢竟再多的特勤費也彌補不了我的睡眠不足呢。」

閉鎖空間連發應該是春日遇見佐佐木之後的事吧。後來之所以會驟減，想必是她心裡有什麼比起佐佐木更令她掛念的事。

「當然。」古泉打著官腔說道：「那就是長門同學無法上學一事。這樣的異常事態，使得涼宮同學的意識完全集中於一處。」

已經超越讓《神人》暴動的層級了吧？因為春日再怎樣也不會把佐佐木看得比長門更重。

古泉慶幸地同意道：

「就涼宮同學個人看來，即便對長門同學擔心有加，情緒卻不焦躁。只要你和佐佐木同學之間沒有更多非必要交集，她也不過是個知道你過去的朋友罷了。相較之下，長門同學不管在過去、現在還是未來都是SOS團的重點成員，雙方的優先順位也就無從比起。」

這種事我八百年前就知道了。春日就是對長門情有獨鍾，這點在寒假去滑雪場時表露無遺。

我喚起久遠的記憶，想起了風雪中的奇幻洋房，當時比誰都更關心長門的就是春日。那會只是團長的使命感嗎，少瞧我了。春日就是這麼一個不會見死不救的人，更遑論那個人還是個共度風風雨雨的夥伴——

將我從往日情懷中喚醒的，果然又是古泉那好似與傷感無緣的聲音。

「雖然這不是我的預定行程，但我還是向你報告第三件事吧。開門見山地說，你對長門同學投注了過多的情感，這點從寒假那件事以來特別顯著。」

你有意見嗎？啊？

「沒有。像長門同學這麼一個值得信賴的人，身體機能出現障礙，一定讓你很難以接受吧。可是，如果過於注重長門同學而看不清周遭，反而本末倒置。」

你該不會是想說長門只是旁枝末節吧？

「當然不是。請想想看，長門同學會陷入現狀，正是源於外星生命體之間的不明交流。未來人及超能力者團體不僅與之無關，也毫無插手的餘地。不過現在這種對立的局勢，極易遭受第三者利用。」

這應該不是什麼能在廁所前閒聊的話，但古泉仍一派無事地說：

「照理來說，未來人應該對過去的事瞭若指掌，但朝比奈學姊並不是個普通的未來人，而這也是她的特點。雖不知『無知』代表著什麼，卻也不難推想。在所處時間比學姊更未來的人們眼中，她對於屬於過去的我們是個絕佳的幌子。」

這種事好像不是第一次提了。

「你要知道，如果長門同學受到不可抗性活動限制是既定事實，且有人能事先掌握，那麼他們就能在那一刻採取行動。她有著ＳＯＳ團中最強戰力，也贏得了你的信任，而她也信賴著你。再者，既然你應該也將朝比奈學姊的敵人當成了自己的敵人，也就代表長門同學也是如此。未來人最不樂見的就是資訊統合思念體的ＴＦＥＩ從中作梗，而那個ＴＦＥＩ不是別人，正是我們深愛的夥伴長門有希。」

也就是說長門下不了床的現在，是那個未來渾小子——藤原某某的大好時機嗎？

那他圖的到底是什麼？

「這點就不得而知了。」

古泉疑問式地微笑。

「我倒是有那麼點期待你會替我查個清楚呢。」

那好吧，看來你的期待會不會落空全賴我今天的表現了。古泉，你就乖乖待在社團教室裡望穿秋水吧，春日和朝比奈學姊會負責全力照料長門的。

而我，則有我該做的事。

「還有件事。這不是什麼報告，只是我個人的低機率推測……」

見到古泉不知該不該說的疑惑神情中有幾分嚴肅，我便抬了抬下巴要他快說。

「我對剛剛提到的《神人》的出現和消失有點在意。雖能解釋成涼宮同學暫時無暇分神，但這種說法也許是種天大的誤會。」

所以你想說什麼？消失的藍光巨人其實是上哪兒修行了嗎？

「很類似。我懷疑《神人》是為了即將發生的什麼而潛伏，專心囤積能量。這個預感一直在我心裡打轉。也許是我杞人憂天，但也不是不可能。」

也就是說它正在集氣嗎。怎麼可能，我才不認為那頭藍光怪物有這種智商，又不是少年漫畫那種修行篇。

「嗯，應該是我多心了。無論如何，一旦《神人》再次出現的同時，我們也會受到召集，到時就能見真章了。」

古泉微笑後，照例優雅地一撥瀏海。

不想在男廁前站著閒聊太久的我，用最快速度打發走古泉，帶著高亢的情緒返回教室。

不過我才剛踏進教室就想起原來目的，再次邁向廁所。怎麼樣？想批我蠢就儘管批吧。

就算是我，也還有在午休時小解的閒功夫。

至少在放學後會見佐佐木等人前仍是如此。

校舍各處的廣播器傳出了本日打烊的鐘聲，春日也幾乎在這同時拎起書包衝出教室。目的地想必是三年級領地——朝比奈學姊的教室吧。

其實我是能陪春日到長門家附近再分頭，只是這時實在沒我出場的分，現在她滿腦子大概都是長門病臥床上的倩影。

她的烹飪手藝無可置喙，我也見識過她對照顧病人的用心，又能和朝比奈學姊組成養眼的護士雙人組。相信將長門的日常生活交給我們可靠的團長，應該不會出什麼亂子，至少不會餓壞肚子讓病情雪上加霜。既然那方面不成問題，那麼重點就落在我必須設法解決的問題上了。

現在欠修理的是哪位仁兄啊？既然資訊統合思念體和天蓋領域都躲在我搆也搆不著的地方，那麼這時就要靠帕斯卡定律了，只要壓迫某處，其壓力必定會導向另一個位置。

再來就是手段。

好久沒獨自走下這條坡的我，一路上不停要自己保持冷靜、集中精神。外星人根本說不通，未來人也只會顧左右而言他，那就只剩橘京子了嗎，也許能透過佐佐木牽這條線。

穿過歸心似箭的學生人龍之際，我的心飄向了社團教室。現在古泉是乖乖打發看門時間呢，還是和哪個看著春日的傳單猶豫不決的新生哈拉呢……

那可是即便所有團員分頭行動，到最後必定會回來碰頭的地方，你得要好好守住啊，副團長。如果有新生想入團就鄭重道歉請他回去吧，別害年輕人誤入歧途呀。

這條坡在我默默漫步下感覺特別地長。在幾乎兩倍長的主觀時間後，我跨上愛馬朝北口車站啟程。雖然和佐佐木相約的時間還早，但小家子氣的我仍不自覺地加快腳步。為什麼時間不能找個地方存起來呢，如果能把這段時間搬到早上，我想這天我會過得更加精實。

我原本就不像春日那麼注重守時，她只是個想讓每一天都充滿愉快回憶並永不忘懷的變態。自認沒那麼異常的我，在目的地周邊驅車茫茫打轉殺時間，直到相約的四點半前十分鐘才在車站前下馬。抱歉，先讓我在這裡臨停幾刻鐘，這時候市府委任的拖吊員應該不會出現吧。

等了一會兒，我的往日同窗穿著這一帶少見的學生制服，從車站湧出的人潮中帶著淺笑而來，那遊刃有餘的步伐看了真教人通體舒暢。乍看之下，她全身籠罩在平易近人的光環之中，而我也深知她的確如此。

佐佐木的人品比我好上幾萬倍，被她喚作摯友真是不敢當。

「嗨，阿虛。等多久啦？」

沒多久，長針還有幾分鐘才會轉到最低點。別說提前到也要罰錢啊，那種女人一個就夠了。

佐佐木咯咯而笑，眼和嘴都彎成滑順的曲線。

「其實你等很久了吧？不過你浪費的時間其實和在下的主觀時間相符，就讓我們說聲彼此彼此，誰也不欠誰。」

什麼意思？

「沒什麼。其實在下碰巧提早放學，早在三十分鐘前就到站了。能夠早點回來是很好，不過半小時實在很尷尬，沒地方好打發，乾等也沒意思。想到這裡，在下就看到你一臉若有所思的樣子騎車經過，所以沒出聲喊你，只是在一旁遠望。真佩服你能騎這麼多圈都不會膩，你真的那麼愛騎車啊？」

怎麼會討厭呢，這台鐵馬可是與我長年甘苦與共的好兄弟啊。而且比起站著當木頭人，活動筋骨更能讓我的腦筋加速運轉，考試不理想大概都是巴在桌前太久害的。

「真是行動派，也許你很適合當學者喔。嗯，你說得沒錯。在洗澡或散步時常會思考事情，是由於大腦因肢體機械化動作而放鬆，有餘力作其他思考的緣故。清洗身體之類的都是一貫作業的習慣動作，不用特別去想都會下意識地自動完成吧。比起什麼都不做一味苦思，倒不如邊動邊想來得有效、集中。雖然例行公事一點也不有趣，不過人就是知道自己搭的電車駛向何方才有多餘心力去欣賞窗外景致。雖然對某些人而言只是浪費時間，不過在下認為信奉時間就是金錢的人是得不到真正幸福的。」

我是不打算幫妳背書啦，不過還挺有道理的。

「基於相同道理，在下總會替自己留條退路。無論處境有多緊迫，要是有個萬一都能全身而退，所以在下才能冒點小險。因為一切都有結束的一刻，就像恐怖電影或雲霄飛車一樣。不管有形無形，沒什麼是永遠存在的。」

最近不怎麼想擁有永恆的我並沒認真聽。要是聊過了頭，我割捨長門家而來的理由恐怕會一沉不起。

我瞄了瞄四周，確定那不知該怎麼稱呼，但叫佐佐木的嘍囉稍嫌難聽的三人組不在附近。

「他們在哪裡？」

「已經來了。在下三十分鐘前就通知他們在咖啡廳等了。」

佐佐木以出門前向鄰家大嬸打招呼的口吻說道。她將看起來並不重的書包擱上肩頭，從斜下方歪頭窺視我的臉，音色爽朗得像是要到高中棒球賽內外野座位間的大觀眾席聲援母校。

「我們走吧。」

沒問題，我就是為了這個才來的。

這是我賭上存在意義的戰鬥宣言。我所做的都是為了世界和平，為了消解春日的無意識壓力，為了讓忽視古泉睡眠不足的「機關」在暗中少作點祟，為了減少朝比奈學姊的自責，也為了讓長門的健康重新亮起綠燈。

一切全繫在我的舌頭上。與「機關」對立並將佐佐木尊為神祇的押錯寶集團，行動方針搖擺不定還讓長門倒下又有個超遜啥鬼領域名稱的狗屁Ｅ．Ｔ．大王，從未來遠道而來戴著小丑面具偷笑還自以為是北家藤原氏後裔的歪嘴未來人，你們皮都給我繃緊一點。

輸贏就定在這一刻，我早已有演變成天王山、關原、赤壁之戰的心理準備，還有種身處歷史洪流中的錯覺。要是能分身就可仿效真田家來個多點游擊，可惜我只有一副肉體，必須嚴陣以待。

我不能期望任何人拔刀相助。古泉在社團教室看門，春日已直奔長門家，朝比奈學姊也不該在此現身。至於這陣子都沒收到朝比奈（大）的未來密函，即表示這是朝比奈女神也無法干涉的歷史事實。萬一喜綠學姊不請自來或朝倉再度復活，我定會烙下富含個人情感的「不必」兩字加以驅趕，有需要的話要我重複幾遍都行。

這裡是地球，而地球是我們地球人的。

地球的所有權並不歸於任何一人，就連春日也和地球聯邦政府的最高評議會議長什麼的八竿子打不著。

春日的頭銜只有縣立北高中地下社團ＳＯＳ團團長，別無分號，以上以下什麼都不是。

她那從高一初就不曾變動的各項數值就是最有力的證據。記得她曾說：

——這種事就是先下手為強！

就讓我對妳刮目相看吧，春日。妳還真的是個狠角色，竟然連要組什麼社團都不知道就誇下自組社團的海口，而且真的辦到了。這也讓當時古泉消極傳布的春日為神論多了幾分可信度，能說動我也不奇怪。

不過信奉又是另一回事了。

若只論相信，從未在教會告解或受洗的我，有時也會想抱抱不存在的佛腳。我偶爾會捐點香油錢的鄰近神社也好，在于蘭盆節裡頌經、不知師出何宗何派的和尚也無所謂，都能當作信仰對象。

如果只要磕個頭合個掌就能萬事如意，那真是再美好也不過了。可惜我有識以來越是那麼做，也越是徒增我未曾在苦難之道上因此釋去半點重負的記憶。然而，我還是認為信奉山裡的小地藏是個不錯的選擇。既然假他人之手才結的果實不具意義，那麼對自己也不會有任何益處。眼前的高牆，就得像《恩仇的彼端》（註：菊池寬的小說《恩讐の彼方に》，描述一名殺手悔悟出家後立誓鑿穿山壁便民，卻在途中遭人尋仇的故事）的主人翁，靠自己的力量一鋤一鋤鑿穿。

現在就是踏出第一步的時候。長門躺下後，不只是九曜，連朝倉和喜綠學姊都出來攪局，所有人以地球為舞台演出一場沒觀眾的武打短劇。既然唯一碰巧坐上觀眾席的我都看了那麼長的戲，當然不能悶不吭聲。

而且肇始點是長門的病，事態變更為嚴重。趕在春日爆炸前暗中搓掉這類宇宙問題，正是我任務所在。

橘京子說，真正擁有力量的其實是佐佐木，不是春日。

藤原說，那個人是誰都好。

周防九曜說，她感興趣的不是我也不是春日，而是資訊統合思念體的聯繫裝置。

真是一盤散沙。

再來需要的就是時間了。也許那群以偽ＳＯＳ團自居的傢伙，有的是時間自稱是越後的絲綢店老闆漫游四方。可惜現在不是太平的江戶時期，而是高度資訊化的現代社會，豈能讓葵花家紋隻手遮天（註：絲綢店老闆是戲劇「水戶黃門」中主角水戶黃門的自稱，真正身分是德川光國。故事描述他周遊列國懲惡揚善，而葵花即是德川家家紋）？

在當前事態中，就算看遍四面八方都找不著稱得上是我友軍的人種。朝倉帶刀復活；喜綠學姊則是天塌下來也只會向她老闆報告；九曜是個認為無論我是死是活都一樣有研究價值的機械娃娃；未來人藤原也總是老神在在地不掩看似熟諳這時代大小事的笑容。覺得時間緊迫的唯有橘京子一個，但據查她的勢力卻是最小，光是不被指揮古泉的「機關」玩弄於股掌之間就夠她喘不過氣了。

看來能溝通的就只有她。

古泉眼中的無解人物，對朝比奈（大）而言是種時間的接點，在長門心目中卻握有自律進化可能性的關鍵。

以上三點加起來，就是本人小弟我。然而我對我自己是何方神聖毫無頭緒，只能說是個擁有異常學生生活的高中生，血統也毫不特別。要不是那天春日抓住我的領子讓我後腦親吻她的課桌，我就只是個上哪兒都毫不起眼的一介縣立高中生罷了。

是什麼有了何種變化而變成這副德性？我又該何去何從？我該陪春日走到哪裡為止，還是要在哪裡更改當前的社團宗旨？

這些問題，就要在我和佐佐木所前往的咖啡廳定下個所以然。

接著是給各位看倌的問題。當你為自己闢了一條路並決定暫時在這路上邁進，卻偶然發現另一條更為平坦的旁道時，你會作何抉擇？

是貫徹滿布荊棘的初衷，還是選擇輕鬆的小路？

這就是如今我被迫下的決定。

熟悉的咖啡廳中，靠牆座位上已有三人擺出三張不同的臉孔等著我們進門。

就算是裝出來的，也只有橘京子一個會招呼致意，藤原還是一副刻薄的臭臉。不知九曜是神經太大條還是根本沒那種神經，昨天明明和朝倉跟喜綠學姊大打出手，現在卻像塊停格動畫的石頭在椅子上入定，視線和睫毛抖也沒抖過一下。

「哼。」

一個輕小的鼻息後，我在就座前全力驅動眼肌，掃視身穿圍裙的學姊是否出現在店內任何角落。看來人至少不在我的可視範疇中，不是隱了形就是打工剛好換班吧。想得美咧，她一定就在某處。像這種我們再次未能全員聚首的對陣畫面，她一定不會放過。

這樣也好。拿喜綠學姊那張圓不了場的笑當擺飾，總好過朝倉到場領出差費，兩者差別可比閃光彈跟反坦克飛彈吧。只要朝倉別不由分說地掏出致命武器朝我亂捅，那位學姊的思慮可能比我的老同窗還深，我可不想沒事就誤闖外星人的戰場。

「這邊這邊。」

橘京子一派輕鬆地揮手，指了指她對面的座位。

「你就坐這裡吧，謝謝你肯來和我們見面。」

接著對佐佐木說：

「佐佐木同學，謝謝妳能把他拉來，我真的很感激。」

「不必了。」

佐佐木一邊坐上後方座位一邊說。

「與其客套，在下認為這時更該拒絕妳的道謝。即使在下不打電話，阿虛也一定會和我們進行複數次的會面，否則我們將會是兩條永不相交的平行線，不是嗎？」

最後的問號似乎是丟給藤原的，而未來的使者也──

「哼。」

像是在模仿我似的嗤鼻發笑，嘴角動也不動。

「也許吧。不過你們兩個──」

視線輕輕抹過我的臉。

「最好別高估自己。這不是忠告──哈，是警告。對我來說這種面談窮極無聊，我方握有的知識和理解力跟你們實在差太多了。」

訝異比憤怒快一步衝上我的腦門。每一句話都能挑起我的怒火算是什麼才能啊？如果想拉攏我就該換套語氣說話吧，藤原這傢伙腸子也未免太直太順了。這種不分表裡的性格倒是和朝比奈學姊相通，難道未來人都是這個樣？

「好了，快讓我聽聽看你想怎麼做吧。對你言聽計從的外星終端已經故障了，失去強力後盾讓你作何感想啊？快說說你們要怎麼自保，我想知道的就只有這麼多。我還真想看看，失去防波堤的破港要怎麼抵擋颱風侵襲的夜晚。」

這渾小子的話和令人抓狂的口吻，將我胸中最後幾分躊躇打成泡影。混帳東西，你真的這麼想挨揍啊？要是幾個銅板就能動手就趕快開個價，好讓我把你那張嘴臉砸爛在桌子上。當我摩拳擦掌，準備脫下不存在的手套往藤原臉上扔去時——（註：一種要求決鬥的方式）

「算了啦，阿虛，還是先坐下好了。雖然這樣表露正義感很像你，但在下可不能眼睜睜看你動粗。當然不只是你，在場各位也是。在下自認脾氣還不錯，兩年最多只發一次火，不過說實在的，那連在下想到都會怕。還記得在下最後發脾氣是大概兩年前，而目前在下也仍在挑戰新紀錄，懇求各位別讓它在今天歸零。」

佐佐木的音調一如往常地柔和，使我乖乖聽從。

無論是佐佐木動怒、掉淚還是感傷，我一概沒見過，以後也不想看。最適合笑容的並不只是春日或朝比奈學姊，不過我倒是希望古泉能收斂一點，而長門則是相反，應該讓表情更為和緩。然而要讓長門五官解凍，並不是在這裡和藤原拳打腳踢就能解決的。如果真的要打，對象也該是外星人。

這麼想的我朝外星人瞪了一眼。

「——」

但九曜卻眼也不眨地茫然望著我背後五公尺的半空中，一點張力也沒有，使我不得不懷疑自己的視神經。周防九曜對ＳＯＳ團絕非無害，搞清楚狀況啊！

始作俑者就是她。

我緊盯著活像個幽靈的九曜。她有著面積大得過火的髮量，又身穿在傍晚的咖啡廳裡稍嫌醒目的女校制服——應該說，這種人不管走到哪裡都很難不受人側目吧？

可是坐在這裡的彷彿是個不具實體的３Ｄ全像投影，存在感猶如深夜播放的單格局地電視廣告雜音那般稀薄又令人毛骨悚然。長門臥病在床，而這傢伙還在外頭逍遙，除了我不接受四個字我什麼也想不到。果然只有未知外星人才會這麼不知輕重，如果現在兩敗俱傷，我倒是能花點時間找個新的詞。我雖不明白資訊統合思念體的人形聯繫裝置代表什麼，不過長門、朝倉和喜綠學姊至少——還像個人。

關於長門的就不多說了，朝倉除了沒事會帶把刀閒晃之外，還比起隨處可見的普通高中生來得更適合當個班長；雖然我和喜綠學姊不熟，但她仍能夠融入日常校園生活。兩位看起來都至少花了點心思，讓自己忠實扮演人類角色。

但九曜身上沒半點那種意思，我看她也不了解智人是怎樣的生命體，就連隱形人都比她更懂得強調自己的存在。感覺她只是從身上的女校制服開口伸出頭手腳，底下除了空氣啥也沒有。會這麼想的好像只有我，其他人根本不在乎。

簡單來說，她讓我渾身不舒服。如果她會做出人類常識範圍內的動作，那我也能做出相對的反應，不過對方是連長門也無法溝通的超智慧非人傀儡，而且沒什麼比行動無法預測的傢伙更難應付。總歸一句話，她比春日更讓人猜不透。

「————」

也許是感受到我全力發出的敵意氣場，九曜的雙眼像頭被冷凍前的納瑪象（註：日本古長毛象）在我身上緩慢聚焦，並微張化石般的唇。

「——昨天——謝謝——」

聲音有如甲蟲蛹蠕動的碎音。

「——這是……感謝的話……」

最後竟還附註了一句。

完全沒想到她會道謝的我一時啞了口。藤原仍一臉事不關己，橘京子表情略顯訝異，佐佐木打趣地微笑。三人一語不發，膠著的沉默在我們這個角落凝結成塊，耳裡只有流瀉於店內的古典樂，和他桌顧客清嗓般的喧嚣……

現在該怎麼做呢。

「那個……」

還不用我傷腦筋，橘京子似乎認為維持現狀不會有所進展，便率先開場。

「九曜小姐，妳昨天怎麼了嗎？嗯……沒關係，現在就算了，晚點再問。」

橘京子身子向前一挺，像個主辦茶會的千金小姐不卑不亢地面對我說：

「謝謝你今天肯來，麻煩你這麼多次真是不好意思，不過這是必要的。這場會面非常重要，不容忽視。」

不必謝了，這是我自己約的。

「是這樣沒錯。」橘京子對語氣中的嚴肅毫不掩飾：「不過無論是遲是早，這都是擺明會發生的事，也許該說對我們而言還嫌太晚，原本是希望能更早呢。只是，我們沒有大勢力撐腰，無法對抗古泉同學的組織。」

說著，那丫頭看了九曜和藤原兩眼，如獲至寶地點點頭。

「我總算是得到能推動世界的強大力量了。就算你們可能不把我當作夥伴，我們還是能朝同一個目標並肩作戰吧？對吧……嗯？」

藤原沒答腔，九曜仍在寂靜之海中深潛。橘京子無奈嘆氣，正好為我和佐佐木送來冰水的服務生更使她闔上了嘴。

「兩杯綜合咖啡，熱的。」

佐佐木沒問我就簡促點畢。我將看來仍是學生的服務生打量了一番，確認她不是喜綠學姊。大概是以為遇上怪人了吧，她返回櫃檯的腳步顯得倉促慌忙。突然想到些什麼的我，朝對面三人前的空間看去，橘京子和九曜竟還點了聖代。兩杯聖代看似平淡無奇，卻有種在兩張畫面中尋找最後一點異處般的異質感。被橘京子吞了一半的冰淇淋眼看就要在玻璃杯中融成奶水，但九曜的卻融也不融地原封不動。至於那是何種沒意義的外星把戲，就和藤原戳個不停的空杯原來裝了什麼一樣，我完全不想去猜。

橘京子重新把話起個頭說：

「那個，先讓我整理一下。我們今天會在這裡集合——」

對我擠眉一笑。

「是因為佐佐木同學說你想約我們見面。你應該有話想對我們說吧？那開始吧，來，請說。」

她遞出麥克風般向我伸手，但裡頭空空如也，我也沒假裝接過不存在的東西。

「我是為了長門來的。」

我看著九曜說：

「我不知道你們有什麼計劃，也不需要告訴我。我只希望你們搞的鬼能夠立刻停止，別再對長門做什麼蠢攻擊。聽清楚了嗎，我不打算重複太多次。外星人想打架就給我到銀河的盡頭去打。」

「——銀河——」

九曜的唇有如被琥珀困住的古代昆蟲般碎動起來。

「——的——盡頭……那就是——這裡——這星球的位置——非常偏僻……」

聲音冷得就像是打開冷凍庫時流出的白靄，她是在跟我打哈哈嗎？如果妳討厭這個暖得讓三味線冬毛漸散的季節，就給我鑽到太陽的中心去吧。

「——也可以——等事情辦完。」

那就快點辦完啊，現在馬上。

「——————」

九曜的頭微微偏斜，兩眼一眨。

就像是某種信號——

「呼～～」

藤原口中洩出令人惱火的笑聲，不懷好意地看著我。

「那就這麼辦吧。不是別的，就如你所提議的。喔不，聽你對九曜說話的語氣，那應該是命令吧。竟然有膽和外星資訊智慧吵架，就算是匹夫之勇我也該誇你幾句。哼，其實我倒是很想研究你腦子到底是哪裡有病，才會想幫那個叫長門有希的有機探查器具到這種地步，不過這點個人興趣我就先忍著點吧。」

見到我和佐佐木沒吭聲，藤原繼續說：
「總歸來說，你只是不允許那個人偶少女繼續故障下去，這麼一來事情就簡單多了。仔細聽好，我的確能制止天蓋領域繼續癱瘓資訊統合思念體的終端。」
要是在面前擺張鏡子，我應該能看見一張發現詐欺通緝犯就在眼前的臉。
「你不信嗎？可惜這是事實，而且我也早就知道自己能這麼做了。天蓋領域這夥比資訊統合思念體更容易掌控，也乾脆地接受了我的提案。順便再告訴你一點，這是橘京子也同意的行動，也就是我現在要說的是我們三人的共識。那麼長話短說，我就用語言來表達我要給你們的命令吧。」
藤原看了九曜半秒，從歪了一邊的嘴裡吐出以下字句：
「把涼宮春日的能力完全轉移給這裡的佐佐木。老實同意吧，你們沒有ＹＥＳ以外的選擇。」
只有橘京子贊同地上下頷首，石像般的九曜凝視著插在抹茶聖代上的薄酥餅，我和佐佐木則是肩並肩看著藤原那張瞧不起人的可憎臉孔。
「嗯——」
佐佐木用食指摳了摳臉。
「藤原先生，那是前幾天橘京子小姐提的議吧，當時你不是說力量在誰身上都好

嗎，是什麼讓你改變心意啊？」

「我還是認為是誰都好。」

藤原瞇起眼別過臉去。

「過去和現在的狀況都一樣，唯有判讀狀況的個人價值觀的不同，才會讓通往結局的路有所改變。也就是只要路線不同，就算終點相同也會有不同發展。1×1和1÷1的答案都是1，但是計算方式完全相反。」

「這只是詭辯吧。」

佐佐木斬釘截鐵地說：

「在在下耳裡那全都是藉口，否則就是你在演戲。涼宮同學保有能力對你而言其實是種絆腳石吧？嗯、沒錯……說誰都好是騙人的。」

她纖細的指頭溜向下巴，邊想邊說：

「這樣啊，原來不是在下也行啊。不管是誰都好，就只有涼宮同學萬萬不可。藤原先生，你很想讓涼宮同學失去那種神秘力量吧？不能讓她繼續這麼下去的原因一定就在某處。雖然我在這裡是種偶然……」

雙眸晶亮清澄的佐佐木說：

「不過有些事是不會因為偶然而結束的，例如我是阿虛好友的這段過去。未來人先生，你能說出其中有多少是既定事項嗎？」

她腦袋的轉速真教人咋舌。面對未來人還能咄咄有聲的，翻遍我的交友錄也只有佐佐木一個，而且她還不像古泉那樣屬於任何組織呢。

藤原的表情在這瞬間猶如面具般僵硬，旋即又抓回冷笑。

「妳以為這樣就能說得倒我嗎？妳有多伶牙俐齒也沒用，我沒有說謊，只是想讓事情順利進展罷了。對不對啊，橘京子？」

「呃、對。」

被點名的女孩手忙腳亂地說：

「沒錯，那是我的請求。因為我覺得先打定互助關係比較好，所以就求他們這樣做了。」

在寡言外星人跟毒辣未來人之間團團轉的超能力者雖然說得一本正經，但光是看著她對事情沒有幫助，於是我再度轉向藤原。

「先給我等一下。長門倒下的原因就是九曜吧？你是說她會做出這種事都是你指使的？」

藤原露出古典戲曲中反派的眼神。

「那也是根本無所謂的事。是我策劃的戲碼也好，是我見機行事也罷，兩者都會導向一個不變的結果，就連機會的出現是否由我刻意造成都是已知事實。是的話就能忽視不管，不是的話就是我親手引起的。固定的過去在未來眼中除了考古價值外什麼也不剩。」

這傢伙到底在說什麼鬼？幕後黑手到底是誰？是朝比奈學姊的敵對未來人、天蓋領域，還是說橘京子才是操線的大魔頭？

我開始覺得誰也不能相信。雖想討點時間稍事思考，但藤原不讓我如願。

「你的腦袋真是鈍得可以。你說你希望長門有希恢復正常，而我說的就是我辦得到。我能夠命令九曜停止癱瘓你那寶貴的洋娃娃，並且實行。」

一切回正題就切的這麼深啊，那我就正式代表ＳＯＳ團和你抬槓吧。首先是古泉應該也想知道的事：

「主導權為什麼會在你手上？他們不是無法溝通的未知生命體嗎？」

藤原用一句「且讓我說那是禁止事項吧」帶過我的問題。

「開什麼玩笑？」

「想當作玩笑也行，我可是出於善意才那麼說的。」

聽你在放屁。

這時，九曜如水晶的唇顫了顫。

「——我會執行。」

有如標本開口般突然。

「——結束妨害，搜尋其他途徑……也是選擇之一。」

黑暗物質似的眼望向我的眉心。

「——無法直接對話。與終端間的間接聲音接觸為雜音，概念互傳過載，浪費熱量，沒在瞬間結束即等同永久延續。」

喂喂喂，哪個好心人來幫我翻譯一下。

「也就是說——」

佐佐木的指尖停在眼尾邊。

「長門同學生病是九曜小姐造成的，可是九曜小姐卻認為這種行為效率不高。只要藤原一聲令下，她就能立刻停止，條件就是要讓涼宮同學的神力轉移到在下身上，而橘小姐的意見和藤原相同吧？」

「是的。」橘京子縮起肩：「雖然我和藤原先生見解不太一樣，不過就我們評估損益——」

「妳給我閉嘴。」

藤原冰冷的話凍住了橘京子半開的嘴。

「就是那樣。」藤原搶著說：「我們希望讓現狀變得對在場任何一方都有利，只是橘京子想把佐佐木——想把妳抬上神轎就是了。」

「不是的，其實也不是那樣，我們只是——」

藤原完全無視橘京子的反駁。

「九曜的本體想剖析涼宮春日，但是只要她還在資訊統合思念體手上就沒辦法那麼做。儘管已經設下了兩三層防護網，我們還是有破除的辦法。既然關鍵在於那股神秘力量，只要把那種力量移到第三者身上即可。」

誰辦得到啊？

「九曜就辦得到。」

藤原不假思索地回答，接著可悲地說：

「喂喂喂，你該不會是忘光了吧？我們要對涼宮春日那種人怎樣都行。之前她的力量不就被第三者利用過了嗎，難道你不記得涼宮春日的力量被奪走，造成世界的改變？明明你才是最不該忘記這段迷你過去的人啊。」

長門——

我想起的是從一年五班消失的春日、從整棟校舍中蒸發的古泉和九班、被鶴屋學姊扳轉的手腕、被朝比奈學姊的粉拳砸中臉頰的痛楚。最後，是在完全變樣的社團教室裡獨守的長門有希那張戴著眼鏡的蒼白臉蛋，以及牽動我衣袖的指尖。

在去年鈴聲多響亮的季節裡，我碰上了前所未有的大麻煩，也因此發現了許多我不願再次痛失的事物，更明白有些東西是我一次也不想錯失的。

這群混帳東西。

我依序交互怒瞪藤原和九曜。

沒錯——那是長門造成的。像我這樣的凡夫俗子，當然無法斷言那些大同小異的資訊生命能否做些什麼。無論是資訊統合思念體還是天蓋領域，都必定擁有遠勝人類的高度智慧或特技。我的直覺告訴我，雖然和長門不太一樣，但是九曜不會說謊。

「你想拿長門當人質嗎？」

我的聲音正高唱純天然一二〇%如假包換的怒曲。

「你是說想救長門就要交出春日的力量嗎？」

豈能讓你稱心如意。竟想用這種爛理由威脅我，死性不改，別以為拿長門當擋箭牌我就會乖乖擺尾吐舌照單全收。呃，我當然還是想讓長門的健康狀況綠燈比總統出巡路線上的還多，不過這是兩回事。

而佐佐木也不愧為我的好友——

「真是的。」

她無奈地將頭搖了兩下。

「在下也不想要那種力量啊，希望你們多少能聽幾句在下這個當事人的意見。」

真是令人舉雙手歡迎的掩護炮火，可是氣得腦充血的我心裡卻不禁亮起了疑惑。

喔不，說疑惑有點過頭，只是單純的小問號罷了。

我對著佐佐木略感紛擾的側臉說：

「那可是能改變整個世界的超強能力耶，妳真的一點也不心動嗎？」

佐佐木璀璨的星眼正對著我，淺笑的唇跟著說道：

「阿虛，改變世界並沒有什麼意義。要是並不容易使用，很可能一個不小心連自己都變了，在下還察覺不到自己的變化。你知道嗎，在下正處在這世界之中，是構成這世界的一項要素，若要改變整個世界，就會連在下都不得不改變。像這時候，雖然在下靠自己的意志改變了世界，但新世界裡的在下也無法察覺改變世界的就是自己。整段記憶都會消失不見，因為自己跟世界同時改變了。這就是種 dilemma（兩難），雖有特殊能力，但不會知道自己用過那種能力的 dilemma。」

好像有點難懂。

「人在碰上疑惑時會有兩種反應——排斥或設法理解，而兩者沒有對或錯。每個人都不需要扭曲各自建立的價值觀來理解什麼，但價值觀也不可能一輩子不變。人只要自問為何無法理解，再端出一個自己同意的答案就夠了。若能擁有自己的世界，就不需要任何怪異的理由或解釋。」

佐佐木轉向對側三人。

「在下無法理解你們的想法，也無意說明理由。因為在下心中早有答案，沒必要多說什麼。所謂言多必失，到時候只會讓自己難堪。」

「我才不管妳怎麼想。」藤原煩悶地說：「妳只要安靜點頭就好了。」

「到頭來啊。」但佐佐木不願住嘴：「人還是做不出超越自己能力的東西。即便能裝個樣子，也不過是個假象。」

她有股三段火箭點燃二號引擎的氣勢，讓我的負擔小數點前進了一位。

「既然佐佐木都這麼說了，我當然也不會乖乖接受那種不平等條約。」

「早兩天再來吧」這句話還沒出口，就因我想起藤原兩天前真的出現過而吞了回去。逞這種口舌對未來人實在不管用。

佐佐木朝我的肩輕輕一拍。

「如果要用那種力量，也頂多用在上一個用販賣機的人忘了拿零錢一類的小事上吧。在下對這個世界沒有什麼值得抗議的不滿，或者能直接說早就不在意了。這個世界就是由人類崛起以來所累積的無理矛盾填充而成的，在下不覺得渺小的個人動點腦筋就能改變什麼。縱然在下有那種能力，也不能保證，更沒有自信能創造出更完美的世界，連2Byte都沒有。這不是謙虛，在下也不認為還有誰能辦得到，人類的精神還沒有發達到那種地步。地球就像是一艘載著我們的巨大太空船。要是這艘船有自己的意識，那麼把它身上老是搞分裂的莫名其妙靈長類全都扔進太空裡，說不定還更為省事。既然人類已經生為人類，那麼怎麼滾怎麼翻也成不了神，畢竟神是人類觀念的產物。有史以來，神就未曾在這星球哪個角落出現過，打從一開始就沒有，在下一點也不想成為這種只存於無形概念的偶像。神從未死去，也從未出生，所以沒人能找到神的葬身之處。也許神的本質能以零的概念來解釋吧。」

當佐佐木的超長演講結束的同時——

「——哈——哈哈——哈哈哈——啊哈……」

九曜分秒不差地無預警爆出笑聲，音調若高似低，既歡且憫，聽得我以為自己耳朵出毛病了。

「——太可笑了……哈哈——」

妳是什麼意思啊？衝著我來就算了，嘲笑佐佐木只會讓我一肚子氣。

「我就發發慈悲替妳解釋吧。」

藤原接在連聲發笑的九曜後頭語帶嘲諷地說：

「為什麼妳會以為選擇權在妳身上？我們會這樣聽妳表示意見，並不是希望得到妳的教誨，妳可別搞錯啦，過去人。」

剛在我心中萌芽的小小閒適，就在這一刻被打散了。

「別說九曜，我自己也想笑。妳是不是太高估自己啦？妳認為自己有決定任何事的餘地嗎？妳有權決定世界的走向嗎？哈！妳自以為是什麼東西？操控無聊遊戲的玩家？咯咯，妳本身就是個笑話，讓人笑得愈大聲就越是突顯出妳的悲哀。給我聽好，妳決定不了任何事，只是個傀儡。我承認妳動起來的確與眾不同，動作靈活且容易操控。但也只有這樣而已，妳還是個傀儡，妳的行動與妳的個人意識完全無關。」

當我理解他的意思，一股寒意順著脊梁直衝而上。

九曜仍笑個不停。

我再次體會到，春日消失時的長門有多像個人。

這些人——

完全不把我們當人看。

不只九曜，相信朝倉和喜綠學姊也是。

正因如此，他們一個個才會願意聽我說話。我說什麼都無所謂，只要一個念頭就能撇得一乾二淨——他們就是認為自己這麼高等。九曜笑得像個剛得到新玩具的幼兒那樣露骨，展現出只因為看見就踩死腳邊螞蟻的孩子般純真的奪目光彩……

我可靠的摯友．佐佐木眉間的陰影逐漸加深。

「既然話都說成這樣了，你以為在下還會乖乖點頭配合嗎？這些話根本只有反效果而已。在下和阿虛的交情比你們還要長太多了。」

「我想我說過不只一次了，我根本不在乎妳怎麼想。」

藤原再次訕笑。

「啊……」

橘京子的身形縮得更小了。

「天啊，全都毀了。」

橘京子「呼～」地吁了一聲，不過臉色尚未氣餒這點也許值得讚賞。最後，她擺出傳教士的面容對我佈教。

「這樣吧，請你想想看。我知道你很重視涼宮同學和ＳＯＳ團，那你願不願意換個角度想呢？只要涼宮同學擁有異能，長門同學身上也會產生異變，然後把你捲進怪事裡頭喔。」

妳想說什麼？

「就算涼宮春日失去力量變成普通人，ＳＯＳ團也不會因此解散吧，現況也不會因此改變。古泉同學還是『機關』的代表，長門同學還是外星人，朝比奈同學也還是未來人，就這麼多。他們不必再顧忌涼宮同學的行為，所有人都能像過去一樣，跟團長一起開開心心玩在一塊兒。」

那就真的成了連同好會都稱不上的團體了。

「是的，那就是我想說的，你不覺得那樣也不錯嗎？如果還想體驗至今遭遇的超自然事件，那還有我們在啊。九曜小姐是外星人，藤原先生是未來人，雖然我不想說自己是超能力者，不過倒也還算就是了。你只要當作是和佐佐木同學一起做點單純的校外活動就夠了，一定不會無聊的。」

愕然失聲指的就是我現在的情況。她正在邀我組成第二個ＳＯＳ團，要將春日率領的我們的ＳＯＳ團空殼化，並推舉此處的佐佐木為新ＳＯＳ團盟主……而我也該這麼做……

「而且啊——」橘京子追過了我的思緒：「我也想讓古泉同學卸下他肩上的重擔呢。」

「啊？」

妳幹麼擔心古泉的五十肩啊？

「他一定會很感謝我的，因為——」

橘京子理所當然地說著，像個眼神充滿夢想的少女。

「你不知道嗎？『機關』就是由古泉同學一手打造並營運的組織喔，領導者一直都是他，他也是裡面最能幹的人。他雖不了解我的想法，可是我卻有點尊敬他呢。」

「──────」

這番話重重撲上我的腦髓，但我仍像塊石頭不動聲色。不知怎地，霎時間我啥也不想說。這傢伙的話到底有幾分能信，還是她只是以為自己說的都是事實？到現在我聽古泉解釋了那麼多也不知孰真孰假，對橘京子也是如此，現在要我選邊站也未免太可笑了。但是橘京子應該沒必要爆這種假料──不，也許有。如果想打亂我的思考，那麼這一招的確很直接，只是她臉上確實滿滿都是由衷的讚嘆之情。

…………

算了，我得讓思考緊急煞車。現在不必去想古泉的組織裡頭有何部署……

藤原那小子又咯咯怪笑起來。

「我就先透露一點有用的情報吧，當作是送你的特別優惠。那可是只有在這裡、這段時間才聽得到的呢。你一定很想問我要說什麼吧，我現在就告訴你。簡單來說，我要對你一直無視到現在的東西，也就是ＴＰＤＤ（時間平面破壞裝置）做一點小說明。」

沒人問就自個兒烙出一堆鬼設定的人，個性一定不怎麼可取，藤原保證就是那種怪咖的典型不會錯。

「我和朝比奈實玖瑠的時光旅行其實是有些問題的。基於設計原理，時光機的移動必須穿透時間平面，也就是要在時間上打洞才能回到過去。別擔心，一個小洞是不會有什麼影響的，修起來也容易。基本上，跳躍的時距越長，受損的時間平面就越多；此外，在同一時間帶中來回次數越多，洞穴的數目自然也會增加。到這裡還聽得懂吧？」

真想在耳道裡灌蠟。要對我開講倒還好，讓佐佐木聽這些稀奇古怪的機密情報就不必了，被麻煩事五馬分屍萬劫不復的人，光我一個就嫌多。

「重點就是使用ＴＰＤＤ也伴隨著破壞既存時間的風險。因為被鑿開的洞就必須填起，要是放著屋頂漏水不管，屋梁脊遲早會跟著腐壞，進而引起一連串的發酵影響未來。原本時間派駐員要做的主要就是整修ＴＰＤＤ造成的時間歪曲，但朝比奈實玖瑠是個例外。她負責的其實是一項特別任務，只是她本人沒發覺而已。哼，整件事都是最高機密，所以她一點也不知情，還真是辛苦她了。」

藤原似乎背誦完預定要說的話，總算是收了聲。

「例如——」

前言撤回，他又開始講古了。

「我剛說的其實是你本來不該知道的事情，那又會怎麼樣？答案就是你的個人史將從此改變。哼，想不想變得更有趣啊？」

我拒絕，要是再有趣下去我大概會直接笑死。

「一旦你聽了那些話，你就必然會受到我的影響，而這就是我對你們這群古人的優勢。」

藤原的口氣終於正經起來。

「你就慢慢考慮吧。至於你的原始腦漿究竟找出了怎樣的答案，我會用你的行動來判斷。如果你能讓既定事項脫軌，那我也有我的樂子可找。」

才以為這下真的說完了，追擊立刻殺到。

「我會靜靜等待的，希望你能牢記我今天的話，忘了也無妨。不管你想做什麼，我都有辦法完成自己的任務。要選擇和涼宮春日一起邁向毀滅之路，或者讓她成為死火山，都隨你高興。」

真想問他是不是知道我回答的時辰，這對未來人而言想必是當然的事。藤原和朝比奈學姊不同，他應是個無論如何都會照著劇本走的傢伙。難道沒機會治一治他嗎？朝比奈學姊的倩影閃過我的眼底，女侍版跟教師版的她就像行人號誌燈般一明一滅。

「為什麼要給我時間考慮？」

這在我的提問裡算是很直接了吧。

「因為是既定事項。這樣說你接受嗎？不能也無所謂。好了，我的優惠時間到此結束。」

藤原靈活地鬆開長長的二郎腿站起身來。

「被時間束縛雖然愚蠢至極，但流向若是既定的，也只能默默接受。然而，就算是沒搭上進化班車的古代深海魚，也有逆流而行的可能。」

補充個兩句後，藤原旋即離席而去。

我望著那一毛錢也沒留下的高眺背影踏出店門，鼻腔裡還留有他抖落的瘴氣。這時橘京子理所當然地拾起帳單說：

「我也該失陪了。你應該需要時間考慮吧，只是你真的不必想太多……」

不知是否受藤原的毒霧感染，橘京子細瘦的身影中帶有些許疲憊。和那種人打交道會心力交瘁倒也難怪，我不禁同情她起來。

「你就和佐佐木同學談談好了。佐佐木同學，我們再聯絡吧，不管這件事，單純以朋友的身分。」

「能這樣最好。」

佐佐木仰望橘京子，提起一側嘴角。

「希望我們之間永遠只有友誼。」

橘京子沒有回答，只是不安地看了端坐如擺設的九曜一眼並嘆了口氣，到收銀台結了帳就擺擺手離開咖啡廳。即便如此，凝固的九曜還是沒有溶解的跡象。

精神萎靡成一團的我將冷水一口飲盡，才發現佐佐木點的兩杯熱咖啡到最後都沒上桌。

說了這麼多，事情還是沒什麼進展。

當我將服務生（幸好不是喜綠學姊）終於送上的熱咖啡倒進大量的砂糖奶精（卻仍覺得苦味一絲未減）並吸完最後一滴，便看著比鄉下屋舍陰暗閣樓中的陳舊市松人偶（註：頭髮會增長的日本娃娃，常見於恐怖故事中）更穩坐詭異排行榜高位的九曜，腦筋開始打轉。

為什麼這傢伙動也不動，絲毫沒有離開的意思啊？藤原和橘京子都走了還繼續面對我們發呆，難道是某種外星肢體語言，想告訴我們她還有話要說嗎？

我可沒本事解讀異質外星人的無言訴求啊。

在我觀察九曜時，佐佐木放下空杯，在唇邊烘出微笑。

「阿虛，我們也走吧。在下不是想附和藤原先生，不過我們的確需要檢討未來的時間。雖然是一場無趣又混亂的會面，但在下不認為結果毫無意義。從藤原的語氣看來，他似乎是有些猶豫。」

那樣好是好，但是該檢討些什麼也是問題啊。

「也對。我們好像沒有選擇權，也完全不知道該怎麼讓他們死心。不過呢，我們應該還是能做些什麼才對。」

陷入這種事態真教人一點兒也放鬆不起來。要把春日的神位讓給佐佐木？這是說要在跋扈又無自覺的神跟懂自制有理智的神之間作選擇嗎？雖然真要我回答，我會說佐佐木較適合當神啦。

然而，可是——

我實在沒那個意願。

我就用這句話闡明己意吧。我不希望佐佐木擁有什麼超凡的變態能力，普通朋友還是維持普通就好。既然春日原來就是那樣，那就隨她去吧。古代神話中，諸神捅的老是些比人類還任性無理的天大婁子，就這點看來我們的神還能溝通就很不錯了，神社也不會沒事就換尊神來拜。呃，等等，我在想什麼啊？幫春日辯護的有古泉一個就夠了吧，看來我比想像中的還混亂得多。

這也難怪。復活的朝倉、旁觀的喜綠學姊、不知怎地和九曜搭上線的未來人耀武揚威——從昨天被連續轟炸到現在，除非我是佛祖再世，否則心情不可能靜如止水，看來距離開悟成佛還有一大段路要走。

「對了阿虛，除了在下之外，你應該還有其他人能談心吧？老實說，在下真的不知道該怎麼辦，如果有人能直接提供結論，在下隨時歡迎。」

第一個想到的就是古泉那張學力頗高的臉，除此無他，被窩裡的長門則是予以不計。雖然最可靠的是朝比奈（大），但此時她仍未現身說法。該不會這件事並不在她的既定事項裡吧？那麼很可能會發生像七夕事件那樣不該重演的事，到時候就只能舉手投降了。

「九曜小姐，妳也要一起走嗎，還是想吃完聖代再走？橘小姐已經付過帳了，可以慢慢吃喔。」

暗影般的敵方外星人爪牙不動分毫，半睜的眼僵在半空中，沒有回話。

「妳還醒著嗎，九曜小姐？」

佐佐木在她臉前揮了揮手。

「——我沒睡著。」

她以遭強力睡魔侵襲的音量答道。那彷彿置身事外的聲音使我不禁毛躁起來，開口問：

「妳有一直聽到最後嗎？」

「——理解完畢，執行已經結束。」

什麼意思啊，如果是卸了對長門的負載，那可真是幫了我大忙。

我在佐佐木的催促下離開桌前。雖然獨留詭異的非人類多少令人放心不下，但事實證明我多慮了。九曜冷不妨地站起，不知怎地尾隨我們而來。還以為她很快就會消失無蹤，想不到她卻在我背後不近不遠處站起崗來。

我和佐佐木一起離開咖啡廳時，她也沒改變心意，讓我對背後有些不安，況且天色也逐漸變暗了。

「妳還想說什麼嗎？」

佐佐木回過頭，替我說出憋在心裡的話。然而沒上過禮儀課的外星妹一言不答，無神的雙眼也不知望向何方。我看她打娘胎就和人類波長完全對不上。摸不透性格倒還好，恐怕連那種東西存不存在都是問號。昨天九曜接下朝倉攻擊時臉上還有微笑，但現在的她卻難以和當時畫上等號，該不會是有多重人格吧？

光注意後頭是我的失策。

「啊，阿虛！」

當耳熟的聲音從前方擊中鼓膜時，我差點被平坦的柏油路絆倒。

我跟著佐佐木停下腳步，九曜也照做了。

「真難得會在這裡遇見妳呢。」

也只有我的國中同學國木田，才會以一副制服加書包，除放學返家外什麼也不是的姿態在此現身。

但國木田看的並不是我，而是我旁邊的老同窗。

「好久不見了，佐佐木同學。」

「是嗎？」

佐佐木引喉輕笑，看著國木田說：

「在下在春假時似乎在全國模擬考會場上看過你，應該不會是長得像的誰吧？」

國木田微笑以對。我想這可能是我第一次見他這麼笑。

「我就知道，妳果然發現了。那妳應該也知道我在看妳吧？」

「沒錯，在下對他人視線很敏感的。」佐佐木打官腔地說：「在下平常不太受人注意，要是偶有目光投射過來，就會刺激到在下臉頰的痛覺神經呢。」

「妳還是老樣子。」

國木田放心地點點頭。這時一隻手從旁伸出，一把抓住他的肩膀，一張想讓人大喊「怎麼偏偏遇見你」的賊臉插了進來。

「我說阿虛啊，還真是不能小看你耶，應該說對你刮目相看了才對。喔～這就是傳說中的阿虛以前這個的那個女生嗎？」

……谷口，雖然我根本不想知道你為何會和國木田在站前閒晃，不過有件事我想拜託你——請你立刻回家。可以的話，請用背上裝了三個火箭推進器的速度滾回去。Lift on!要是能就這麼飛到衛星軌道上，我還能請天文台為你算一下軌道咧。

「幹麼這樣啊，阿虛？都好不容易碰到了，就多聊幾句嘛。」

谷口擠出不知收斂的淫笑，粗野的視線在我和佐佐木身上交互抽打。

「你這個人怎麼這樣啊？身邊已經有那麼多正妹了還不夠嗎～？啊啊啊？」

越是明白他想說什麼，我就越鄙視我自己。當我想來個蹲踞起跑加速逃逸時，谷口才正經一點：

「向我介紹一下嘛，阿虛。我可是你的好哥兒們耶，有什麼都儘管說。」

「她姓佐佐木，和我們念同一個國中。」

雖也不是看不下去，但國木田還是接了我的棒。

「佐佐木同學，這位是谷口，是我和阿虛從高一到現在的同班同學。」

真是模範級的簡潔介紹。

「請多指教。」佐佐木輕柔地一鞠躬：「你們的感情好像很好，阿虛應該沒讓人操什麼心吧。」

谷口以左耳送走這率直的初感想，咧開一口白牙打算追擊。

「可是啊，你的審美力真不是蓋的，眼光實在不錯。我看我想破頭也想不到，像你這種人究竟會對人生有何不滿。你怎麼會讓我這麼火大啊，阿虛……虛……虛!?」

你現在又是怎樣？幹麼學南洋熱帶野鳥怪叫啊，還是最近流行這樣嗆人？

頗不耐煩的我想用自傲的眼力射死谷口，只是——啊？說也奇怪，谷口看的並不是我，也不是佐佐木。

「……哇喔!?」

谷口向後飛身一跳，以舉手投降做到一半般的不自然動作，瞠目結舌，見鬼似的石化。還來不及猜想讓谷口高人一等的蠢臉蠢得更徹底的是何方神聖，就發現我那親愛的同班同學視線直接穿過我和佐佐木，打在周防九曜的睏貓臉上。

就連我有時都會忘了她的存在，谷口為啥看得見啊？

「————」

更讓我驚訝的是，九曜竟然對谷口有所反應。身穿女校制服的女孩緩緩抬起左手攤開手心，從袖口露出的嫩白手腕，掛著一只我從未發覺的時髦手錶。我萬萬想不到她身上會有這樣可愛的飾品，而且還是指針錶。

「——謝謝你。我不打算……還你。」

啊？

「沒差啦，又不是什麼貴重的東西，不喜歡的話要扔要當都隨妳高興。不對，請妳一定要那麼做，拜託拜託。」

谷口和九曜在對話耶。明明季節還沒到，但谷口仍別過在這瞬間爆汗的臉，手腳無意義地東摸西摸。儘管他的舉動可疑到巡邏中的警官都會立刻上前盤查，不過這一幕的確是個難解的奇蹟。

「聽說那是谷口送的聖誕節禮物。」

國木田的解說沒消去我的驚愕，反使其倍增。手錶？九曜道謝？聖誕節？什麼跟什麼啊，我在作夢嗎？

國木田將快嚇掉下巴的我扔進問號之海後，毫不猶豫地將目標移向佐佐木。

「我可以問妳一下嗎，妳怎麼現在又跟阿虛——」

什麼「現在又」，很有弦外之音耶……不不不，此時此刻該奇怪的應該是谷口跟九曜，不是我和佐佐木吧？

可是，佐佐木仍將與國木田的對話看得較重些。

「發生了很多事。在下沒有長話短說的意思，可以的話就找個時間問阿虛吧。」

「不用了，我不是真的那麼想知道。話說回來，能在這裡同時碰見佐佐木同學跟周防同學，世界還真小啊。」

「你也認識她嗎？真想不到耶，國木田同學，相信在下的訝異比你的大多了。你是在哪裡認識九曜小姐的？」

我也想知道。

「九曜……是指周防同學嗎？我是在寒假因為這位……咦？人呢？」

谷口嗎？他早就像個啄木鳥戰法因川中島奇襲而失敗的武田軍支隊斥候逃之夭夭了，腳程之快實在令人折服。

「是因為剛剛還在這裡的谷口跟我介紹的，還說是他的女朋友。是這樣對吧，周防同學？」

「——是。」

九曜吐氣般的回答。

「——我的記憶認同你的正確性。」

「妳和他交往了一個多月就分手了？」

「——無疑是。」

唔，這是怎麼回事。

去年聖誕節前谷口說他交到的女朋友就是九曜嗎？那麼在情人節前分手的也是她囉？先等一下。

震驚不已的我問道：

「這麼說，妳是在長……不對，那傢伙引起那件事前就已經到地……不對，到這裡來了嗎!?」

「——對。我在這件事當中並未發現任何問題。」

我現在感覺到的到底是不滿還是疑惑啊？

「……為什麼妳會和谷口交往啊？」

回答相當乾脆。

「——因為我誤會了。」

「什麼？」

「谷口也是跟我這樣說的。他說那是她分手的理由呢。」

國木田也簡潔地問：

「阿虛是什麼時候認識周防同學的？以前就認識了嗎？」

沒有，最近的事。

佐佐木側目看了口拙的我一眼，嗤嗤笑著說：

「九曜小姐是在下最近認識的。因為一點因緣際會，讓阿虛也認識她了。」

「而且她還是谷口的前女友，實在是太巧了。換算成百分比會有幾趴呢……？」

佐佐木對歪頭思忖的國木田說：

「是說機率嗎？如果每個瞬間都可能發生共時性現象，就能用或然性一詞來解釋一切難以置信的巧合，只是像這種時候——」

佐佐木戲謔地微笑，稍稍側首。

「該說是全知全能的天神的安排吧。」

「真不像是佐佐木同學會說的話呢。」

我同意。神不是上哪兒旅遊了嗎？

國木田意外地聳聳肩。

「阿虛，佐佐木同學只是繞個圈子，說我們碰面是一堆巧合造成的而已，不用想那麼多啦。」

怎能教我不想啊？一個兩個還能用巧合帶過，三個四個就會令人忍不住猜想自己是不是被誰牽著走。雖明知對這種事認真只是白費力氣，不過這大概是幾經大風大浪的我才會有的煩惱吧。

不知國木田是怎麼看待在沉默漩渦裡轉個不停的我，總之他繼續說：

「我是在放學後來站前的書局領我訂的書，剛好谷口有空就陪我一起來了，之後是說要不要坐下來喝杯茶啦……」

國木田回頭尋找逃兵谷口的蹤跡，接著搖搖頭。

「既然人都跑了，也只好看著辦囉。」

這齣戲該叫做膽小鬼谷口華麗的陣前脫逃嗎。

「再繼續打擾你們也不太好意思，我先回去了。」

國木田一轉身，佐佐木就接著說：

「國木田同學，不管在哪裡，只要看到在下就儘管打招呼吧，聊聊共有回憶重溫往日時光可是人生一大樂事呢。」

「這句話就很有佐佐木同學的風格了。」

即使聰明人交換著互讀下三步棋的對話，但平凡如我仍無力跟上。

「嗯，那就再見囉。」

國木田似乎已滿足於與佐佐木之間的一連串交談，對九曜的存在不再涉問，也像是完全沒多想，就這麼告了別。

我望著國木田漸行漸遠的身影，卻不打算對谷國雙人組多操心。九曜好像在谷口身上造成了摸不得的心靈創傷，國木田又是個機伶人，應該不會向春日打小報告吧。

「九曜。」

我和捧下巢的雛鳥般僵直的拖把頭相視而立。

「妳在去年十二月就已經來到地球了吧？然後還接近谷口。」

想問的堆積如山，不過還是從這裡釐清起的好。

「妳相中谷口是為了接觸春日或我嗎？」

「是誤會——」

她的答話聲像把張嘴的長柄刷。

「誤會什麼？」

「——誤會成你。」

「妳……」

結果九曜是把谷口誤認成我才跟他拍拖的嗎？喂喂喂喂喂，為什麼偏偏是他啊，害我越來越不相信自己怎麼辦？

「似乎是有某處資訊混亂，遭受他人干擾的可能性……」

九曜一字一字地說：

「並不算低……」

至少長門那時不會有餘力去對付妳吧。

「長門搞亂世界的時候，妳有沒有怎麼樣？」

「我沒有變化。」

九曜下巴一抬，略添血色的唇一格一格地說著令人舌頭打結的話。

「你們所處的宇宙是個暫時的幻象，而我們也因其感到未曾有過的驚訝。重疊的世界，過去存在卻同時存在的世界。排他行動。局地竄改。有趣。」

什麼鬼？而且妳的語調怎麼又變啦？看起來就像人格真的切換了，讓我想起昨天的微笑。

「——沒有明天的今天——沒有今天的昨天——沒有昨天的明天——在那裡。」

有聽沒有懂。

挑起一眉的佐佐木聽完，喃喃地說：

「比起lunatic（瘋狂的）更像是fanatic（狂熱的）呢。真希望不用站在這邊，能在咖啡廳裡慢慢聊，還可以做點筆記。」

佐佐木瞄向九曜的手腕，揶揄地說：

「不過，妳既然還戴著對方送的錶，就表示對剛才那個有趣的人，多少還有點留戀囉？」

九曜的視線如滴墨般在手錶（應該是便宜貨吧）上暈開。

「——是我……說想要的。」

……今天的我已經吃驚到撐了。

「——時間並不是單向的不可逆現象。為了在這個行星上進行生體活動，就必須固定虛客觀上的時間流。」

妳是在說手錶嗎？那不過是發條齒輪組成的工藝品吧。決定時間的不是鐘錶，上面刻的只是讓人類在連綿的生活中方便計算的數值罷了。

「——時間大多是隨機產生，並非連續。」

我都快哭出來了，這個外星人到底在說些什麼啊。

只是那似乎刺激了佐佐木天生的好奇心。

「九曜小姐，那妳會怎麼解釋過去或未來呢？該不會阿卡西紀錄（註：Akashic records，阿卡西源自梵文，意指「天空覆蓋之下」。代表一種不可知型態資訊的集合體，存於虛空之中）真的存在吧？」

「——時間是有限的。」

「那又是什麼意思？用無窮遞降法（註：數學中證明方程式無解的一種方式）來說，一秒和兩秒之間有多少時間呢？」

「沒有。可是，認為有也沒有危險性。」

佐佐木彷彿是上了鉤似的：

「嗯——那這樣說呢，假如平行世界存在，卻也不是無限存在，就如同艾弗雷特（註：Hugh Everett III，於 1957 年提出多世界理論，認為宇宙會因觀測而分裂成不同結果的宇宙）說的？」

「——無法觀測的東西並不存在。」

「真的嗎？」

佐佐木的表情就像個發現新現象的小科學家。

「——已在紀錄之中——疑慮……完全沒有。」

「這樣啊。」

佐佐木一臉了然地手指頂著下巴，真是欠吐槽。

「什麼這樣啊？快把妳細嚼慢嚥弄懂的消化給我聽，要嚼得像哪個白癡都聽得懂那麼細喔。」

「這個嘛……嗯，阿虛，在下辦不到。在下明白的，只是九曜的創造者和其創造的所有物體都和我們人類有著根本性的不同，思考方式也完全不一樣而已。也就是說在下理解到自己完全無法理解他們。」

那就是怎麼樣都沒差囉？

「也不盡然。在下發現我們的語言並不適合和他們溝通，這是一大進步。就現狀而言，她的話幾乎都是無意義的雜音，但若能開發出性能優異的翻譯機又會如何呢？憑人類的睿智，也許那總有一天是辦得到的。事實上，人類已經推翻了無數個被人視為不可能的悲觀思想，並一一實現呢。」

總有一天——更遙遠的未來。如果是在藤原的時代，如果是在船隻能藉著浮力以外的力量飄動的未來——

「喂，九曜——」

我的話並沒傳進接收對象耳裡，在空中悲慘地消散。

周防九曜那黑得詭異的身影已憑空消失，宛如墜入了某個隱形地洞一樣。

這種事長門、朝倉和喜綠學姊應該都辦得到，所以我沒多想，不過佐佐木竟也不驚不訝，對著九曜消失的空間沉穩地微笑。

用看著飛機雲的眼神說了聲「真不愧是外星人」——

喂，妳只想說這樣啊？

「那就再加一句吧。」

佐佐木的眼骨碌一轉。

「在下對她日後的行為很感興趣呢。」

老同窗的姣好臉蛋上滿是從容，這從未見過的表情也使我沒來由地寬了心。

「阿虛，其實你不需要過度高估九曜。就像我們不了解她一樣，她也不一定對我們有正確認識。即使我們是被重力枷鎖束縛的可悲原始生命體，也仍有把她拉到地球表面的價值。而且，人類的精神和肉體的進化是否真的走到終點也很難說。在下的話……嗯，在下對盲眼鐘錶匠（註：Richard Dawkins 之著作，探討生物進化是否為一連串偶然所致，抑或是有個設計師在背後操刀）的期待可不小哦。」

雖聽不太懂，不過我想那是種鼓勵。

「下次再見。」

熙攘的站前廣場中，佐佐木映照街燈光輝的眼對著我說：

「在下自己也會想想看，也許結論早就出現，只是被遺漏了而已。雖然在下不希望你太過期待，不過連做都不做是免不了受人非議的，恐懼比危險本身更可怕。後會有期，阿虛。」

我看著她瀟灑地將手輕輕一擺，一種感覺油然而生。

比起陷入現在這種思考停滯狀態，被憂鬱大王春日的信手隨想強行拖拉到極樂淨土的彼端還比較輕鬆，就像光線來回銀河中心團一趟那樣。

無庸置疑地，春日一定回得來，她的歸巢本能可說是她的優點之一呢。

當然，那不是春日專屬的能力。如今ＳＯＳ團上至副團長下至雜工都已定下了自己的歸屬，像是失去月球的地球大陸板塊那樣穩，而那就是長門靜待、春日強佔、朝比奈學姊和古泉被強拉進門的ＳＯＳ團第一總部。

我的大腦皮質正啪滋啪滋地放出神經脈衝，加深我對大家齊聚一堂埋首於沒營養的殺時間遊戲的渴望。

就是這樣，佐佐木。看來，我還是屬於這裡，沒辦法和你們搞七捻三。新ＳＯＳ團？少作夢了，那種東西豈是你們想一想就盜版得了的？現在可不只是團裡有我們這些成員，而是有我們的才算是ＳＯＳ團，這群誰也少不得的固定班底將征服世上每個角落！那原來只是春日一人的期望吧，然而在成為我、朝比奈學姊、長門和古泉的共同心願應該也沒花多少時間。我們就像是圍繞在擁有小型黑洞般引力的團長身邊的吸積盤（註：一種由彌散物質圍繞恆星、黑洞等中心體造成的現象，常見於繞旋恆星的盤狀結構），不會被吸入或拋開，只是存在，直到牽引我們不放的神秘引力消失為止——對吧？

之後，我心不在焉地回到家門，真是佩服自己沒忘了要把車騎走。現在的我，倦怠到吸收過多資訊的腦漿正噗滋作響都聽得一清二楚，必須動員所有精神力來維持意識清醒，上次這樣是何年何月啊？

因此，我勉強了結幾乎動不了筷的晚餐後，便失去了陪老妹和三味線打鬧的最後一格體力，一副死人樣燈也不關撲床就睡。我此刻的精神狀態就像是一條坑坑巴巴的破抹布。

還記得腦袋在斷訊前，還閃過一絲這樣睡的話起床會要人命的念頭，還有我沒作夢。再說，除了會讓人喊聲爽的夢，其他的都會在睜眼的剎那忘得乾淨溜溜。

第六章

α—9

翌日，星期三。

不知是一時現象還是後勁蓄勢待發，今天這暖烘烘的陽光已經大跳步超越春天直比初夏。說起來，去年好像也有這種時候，看來地球的確越來越暖了。如果這真是人類擺的爛攤就該早點收拾，否則全國各火力發電廠信箱一定會被北極熊和皇帝企鵝共同連署的抗議書塞爆，真想現在就飛過去教牠們寫字。

所以，汗濕的襯衫已在今早乖乖踏上通學路自然健行的我身上服服貼貼，一旁翠綠茂盛的油亮草地扎著我的眼。冷暖空調完善的學校也很教人眼紅，有機會一定要向學生會長進呈幾句。不管預算實際上夠不夠，只要有喜綠學姊的外星辦事能力，彈個指就裝好二、三十台冷氣應該不成問題。

古泉應該已經告知會長喜綠學姊的真實身分了吧，不過那位會長大概不會在意身邊的女書記是不是人類就是了。

我將輕晃晃的書包擔上肩頭，有意無意地望著爬坡的北高生背影，腳步輕快得反常——欸？

我不解地打住腳步。那在我身上算是種無意義的多餘動作，而我也不知道自己為何會有此反常舉動。

現在是唯有春秋兩季中特定期間才有的宜人時節，有著春神發威的陽光，和梅雨鋒面還遠在南方天邊的適中溼度。就算不是春日，心情愉悅至此也沒什麼好奇怪的，但我就是覺得不對勁。

於意識中瞎子摸象的我，在登上坡頂時才姑且摸索出一個尚可的答案。

「因為太和平了嗎……」

這幾個字為什麼會從我嘴裡溜出來呢。

春日帶著良性好心情和新團員（暫定）過招，朝比奈學姊仍在課後鑽研茶經，長門將文藝社社長的職務塞進垃圾筒忘身書海，古泉則是朝夕如一地輕佻。

與佐佐木、九曜和橘京子等人不期而遇時，我還以為那又是某種超常事件攻擊的序曲而進入備戰狀態，現在卻音訊全無。那個未來無名氏也沒有動靜，不過這應該只是個遲早會揭明的伏筆。不知是早死早超生的好，還是多準備幾天的佳，如果能無限期延後或維持現狀更是謝天謝地，但我該期待獲得誰的垂憐呢？是長門還是我親愛的準摯友佐佐木？

我想起了和國中同窗之間的對話。我們聊的淨是對升學或美滿人生毫無建設的空談，但反過來說，她應該有辦法把未來人或外星人的腦袋說得嗡嗡叫。也該隨意打通電話探個虛實了吧，未來無名氏實在令人放心不下。

心不在焉地誤入一年級校舍，只是在新學期剛開始沒幾天才有的事，我已經機械性地換上室內鞋飄進二年五班的教室就座。日日臉貼墊板發呆的例行公事，應該要到秋天才會結束吧。

趴了一會兒，春日才像匹在終點線前互相卡位的賽馬般，趕在課鐘響畢前衝進教室，贏了體育兼導師的岡部兩個馬身。

「怎麼這麼慢啊，是為了準備入團考試嗎？」

我抓緊班會結束和第一堂課開始間的短暫空檔問道。

「嗯～」

不太乾脆的回答從春日唇間滾了出來。

「我是為了做便當啦。今天起得特別早，閒著也是閒著，偶爾做一次也好。」

是喔。今天是吹哪星球的風啊，春日居然會做這種平凡女高中生做的事。

「看來那好像花了妳不少時間，是三層還五層的豪華便當啊？」

「我是為了想一套營養均衡的菜色才忘我到晚出門的。很好吃喔，真希望午休快點來呢。」

春日用噘得像鴨又像貓頭鷹的嘴說：

「嗯——我怎麼會有種非開伙作菜不可的感覺呢，有點怪怪的，該不會是做了類似的夢吧？我也不記得自己做過什麼要幫誰作飯的夢——先警告你，我可沒多做喔，我會一個人全部吃光光。」

不用特地強調啦。就算妳要給我吃妳親手做的便當，整棟校舍裡我也找不到一個角落吃，更不用說這間教室了。

「妳平常很少帶便當嘛？有什麼特殊理由嗎，該不會令堂不善廚藝吧？」

春日沉默片刻後說：

「你怎麼知道？這個嘛……實在不好開口，我也不想這麼說……不過沒錯，我老——咳咳，我母親的口味的確跟常人不太一樣。」

難怪不善廚藝了。

「我小時候還以為每個人的家裡都這樣呢。一般家庭多少都會偶爾上館子吃一頓吧？那時我還感動得快哭了，只是以為店裡就該有這種水準，所以沒多想。直到上了小學開始吃營養午餐才起疑，明明菜色好到能讓我一口接一口，可是班上同學卻有時吃得不怎麼高興，還把剩下的給我吃呢。」

緬懷舊日的眼神投向窗外。

「後來，我就自己動手隨性做做看。雖然只是有樣學樣的馬鈴薯燉肉，也仍是值得紀念的人生第一炮哦。你猜吃起來怎麼樣？跟餐廳一模一樣呢。我眼裡的第一片鱗就在那一刻掉了下來（註：鱗片從眼睛掉下來，日本俗話，意指蓋在眼睛上的物體不見了，表示豁然開朗、恍然大悟之意），『啵』地掉下來『叩』地滾走喔！」

這鱗還真大。

「跟紅龍和象魚的鱗差不多大吧。不過從那之後，我就決定盡量不要讓家裡煮東西了。」

「喔～」

有種春日的話從我腦海裡勾起某些事的怪異感覺。

便當……應該不是。餐廳菜單上會有馬鈴薯燉肉嗎？還是亞馬遜雨林淡水魚的鱗……？

當我沉思默考，找尋能將縱橫字謎最後一題般的答案踢出喉頭的臨門一腳時——

「對了阿虛。」

春日一百八十度轉變話題，視角略降。

「是關於第一次新生團員考試的啦。」

嗯？啊，也對。那的確是眼下的頭號大案。

春日轉開了她家的餐桌事，彷彿想早早沖掉之前的對話。

「考太多天的確有點麻煩，所以我想大刀闊斧加速一下，有什麼好主意嗎？」

團長大人竟會向我這不足掛齒的基層團員徵詢意見，真是受寵若驚。原以為最高負責人會一肩扛下所有的評審權，看來那純粹是我獨斷的一己之見。

「這個嘛……關於考試內容——」

我將閃過的念頭脫口而出。

「一〇一黃金鼠快抓大賽怎麼樣？」

春日在這瞬間露出直視了梅杜莎之眼（註：Medusa，希臘神話蛇髮女妖之一，若直視其眼便會石化）的石化面孔，看我的眼神就像見到了說溜實情的犯人。

「……你怎麼知道我想做這個？連數字都說中了……」

竟然會單押全中，難道我已經被洗腦得差不多了嗎。對自己的想法戰慄不已的我更加無可奈何地問：

「妳要上哪兒弄來那麼多黃金鼠啊？」

「那就改成為三味線除蝨大賽吧。」

牠當家貓已經好一陣子了，還會被老妹沒事抓去一起洗澡，不需要啦。考題怎麼這麼簡單就變啦？

「只能用校內雜草的烹飪大賽呢？」

別找我當評審。

「用一隻手拿著裝麵粉的小包塑膠袋在派出所前晃來晃去，比比看誰最先被盤問怎麼樣？」

別給警察杯杯添麻煩啦，要是沒被一笑置之就死定了。

春日擺出了惱火時特有的鱷魚眼和鴨嘴。

「那到底要比什麼嘛？」

問我幹麼。話說回來，妳怎麼那麼喜歡比些有的沒的啊？這只是入團考試吧，沒必要搞得像過節一樣盛大。如果是烤章魚燒大賽我就贊成，烤盤應該能找間器材行便宜買。

春日將我的話當作小溪流水聽了就過。

「阿虛，入團考試不是今年才有喔，明年當然也要繼續。既然是每年慣例，當作過節也不為過吧？」

又不是自古傳承的祭禮或是古趣盎然的慶典，稍微向奧運或世足看齊吧，年年辦只會讓人生厭。

「春日，妳仔細想想。」我打算說之以理：「長門和朝比奈學姊有考過試嗎？古泉還不是只因為是轉學生就錄取了？去年根本就沒做過什麼考試嘛。」

說起來，我受選加入ＳＯＳ團的理由才是最大的謎，就讓它盡在不言中吧。

春日靈巧地將嘴唇一縮一噘地說：

「真是的！你到底想不想讓新生入團啊？」

老實說，已經不想了。就算新生裡有異世界人一類的，也恐怕會被春日視為入侵者。既然還沒有這類徵兆，就表示一年級中那種人根本不存在。普通人不再普通的悲劇正在我身上熱映當中，而悲劇不再重演就是就最好的結局，又不是時裝流行。人類文明歷史都超過兩千年了，真應該多少學些教訓，位於人類最末端的我不禁將這點感嘆深銘於心。

雖然春日仍對○○大賽的○○該填什麼而念念有詞，但我也只能向老鼠之神祈禱放學前事情不會演變到真要湊齊一○一隻黃金鼠。

拜大黑天就行了吧（註：日本七福神之一，形象為坐於米袋、戴頭巾持小槌，扛著大布袋的男子，代表福德。相傳白鼠為其使者，是吉兆的象徵）？

再次在放學後感到解脫的我，仍舊依著這幾天養成的習慣，接受涼宮大師的應考講座。當然我不是自願的，這種事就不需再提了吧。至於為何要提起不用再提的事，我想我答不出來。

「考試實在無聊透頂。無論我寫了多棒的答案，上限還是只有一百分。我這個人就是最討厭被綁在這種小框框裡，死也不要。阿虛，你想想看。如果答題者超越了出題者的思考範疇，提出了一個比問題更有飛躍性的高深解答，卻因為其他問題上的小粗心而無法得到滿分，那不是很奇怪嗎？我就是不滿考試這點。要是我改到那種超優的答案，不管是兩百分還是一千分也照打不誤。」

春日隨手翻了翻課本。

「而且考試這玩意兒就是要你死背這裡頭的東西而已，一點意義也沒有。沒什麼比機械性動作更會讓人失去人類應有的樣子了，這是種墮落，墮落！」

除非春日能支配日本改革教育，否則這個有無意義的理念至少不會反映在我的英語成績上。

「理解力比背下整本書更重要！」

還以為她想推翻最土法煉鋼的考試必勝法——

「一定要當成故事來記。只要能想起哪個人為什麼要怎麼做，其他相關的全都會像挖地瓜一樣拉出一長串。知道嗎，阿虛？只要有了基本概念，再來就是要看穿出題者的心理。儘管古人在想什麼沒人知道，不過活在同一時代的人類就沒那麼難猜了。我不是要你猜考卷上會寫什麼，而是只要知道出這題用的是什麼心態，一定有機會反將對方一軍。」

對出題者而言，正確答案應該比被反將一軍更容易討個勾吧，為什麼要這麼執著於出人意表呢？

「這樣才能在精神上取得優勢啊。我們的學生身分不過是年齡問題，其實啟蒙那些馬齒徒長的八股教師的特權就在我們學生身上。我們一定要把年輕當作武器，雖然理所當然，但也只限於這段時期而已。而且這名為高中，能將限時的致命武器活用至最大限度的最大戰場，只剩兩年不到了喔。」

不知道是懂了還是覺得無所謂，正即時體驗著高中生活而哀嚎不斷的我，聽不出有何言下之意。除非跨越ＤＮＡ層級上的障礙，否則麻雀是聽不懂獵鷹哲學的。和谷口一類的在電線上悠哉地吱吱喳喳比較適合我，至於克敵致勝的獵食生活，就交給春日或《紅與黑》的主角于連那樣上進心旺盛的人就好。最近我正因為除睡眠之外慾望全無，不知該如何是好呢。

「真是窩囊的自我宣言呢。」

春日受不了地搖搖頭，像是看著決不拔起配刀的膽小武士似的瞄了我一眼，接著高提唇端。

她以教人吃驚的平穩語調說：

「算了，我也不想批評你的人生哲學。不過呢——」

話尾又突然加重起來。

「不管你是怎麼看待學校、課堂或考試的，在ＳＯＳ團裡可沒那麼簡單。在團裡我就是絕對的，就是怎麼說都通的治外法權。無論是日本法律、常識、習慣、風俗、總統命令還是最高法院判例，在團裡都沒有用，知道了嗎？有意見嗎？」

好好好，沒有沒有，像那種早就心知肚明的事就不用再特地強調了。妳受到統括銀河的神秘外星生命體矚目這件事，也沒人比我更清楚，所以全靠妳啦，春日。ＳＯＳ團內大小事，全由妳自己決定就好。

其實長門、古泉和朝比奈（大）等人私底下都和我所見略同，所以希望妳別責怪他們。

不知春日是如何看待我這聲嘆息，只見她滿足地闔上書，動手將筆記收進書包，代表今天的補習暨故意遲到的時間消費已經結束了。

雖只有短短十幾分鐘，竟寶貴得有如讓我得以喘息的半場休息，真不知這種安心感算是哪種心理。即便時間少得只會讓所有人齊聚社團教室的時刻後退，或者來不及品嚐朝比奈學姊的第一泡好茶，卻也表示我似乎正試著避開現在的社團教室。

究竟是為什麼呢？也許是沒臉見那些報名入社、新得發亮的新生，也可能是陷入了不科學的不安和沒根據的壞預感等錯覺。但是再怎麼說，自春日消失以來自持良好的長門、樂於解難題的古泉、嬌媚動人的朝比奈學姊，都仍在社團教室裡散發聖潔光輝等待著我。

雖然我有只要全員到齊就能在這高中裡堪稱無敵的自信，不過有如稀薄氦氣般鑽進我胸口的怪異情緒，仍使我有種搆不著地的感受。

到底是為什麼呢？

日前偶遇的佐佐木、橘京子和九曜的確令我掛心，但仍感覺不出他們會有何驚人之舉。既然佐佐木站在另一邊，他們恐將受到佐佐木那有過於春日的言語轟炸，就連我這點微不足道的推理工夫，都想像得出他們不知該拿她如何是好的臉。她和春日一樣，都是個不易受他人意見左右的人，不過方向不同。春日是劈頭就不聽人說話，佐佐木則是會先傾聽再長篇大論一番。她的本質非常堅實，就算宙斯或克羅諾斯（註：Cronus，希臘神話中克羅諾斯是天空之神烏拉諾斯及大地之神蓋亞之子，宙斯之父）下凡降旨，她也不會變節。如果是普羅米修斯或卡珊卓拉（註：Cassandra，希臘神話中的特洛伊公主，自阿波羅獲得預言能力，卻因拒絕阿波羅求歡而遭其詛咒）登門勸說，倒還可能賞光。

不過呢，就算那些傢伙突然出現還想當我的專屬家教，我也不認為他們會教得比春日簡單易懂。由結果導出的客觀分析，對理解歷史而言才是最有益的資訊。雖然不太可能，就算我的名諱能名留青史並受後世歷史學家批判作為，我也不打算抗議。一來我早已歸西，二來死人不會說話，況且有權利和早就爛得亂七八糟的人說話的，也只有未來人而已。

即便身邊有人過世，我會為他寫回憶錄的意願也不會比貓蝨卵還大。所以誰都不准給我隨便死啊，失蹤也不允許。只要我和春日還在，ＳＯＳ團的相關人士就不可隨意離開。維持現狀，永遠維持下去。增加還ＯＫ，減少就ＮＧ。儘管這條眼下ＳＯＳ團最高團規尚未明文公布，卻都是人人皆有的共識。

在我一遍又一遍地思量時，春日特別講座已告結束。她背受著掃除值日生的隱笑踏出教室，像個出席希特勒青年團全國大會的年輕納粹黨員，在老舊的校舍走廊上大步前進。

縱然春日的我專用課後複習終將明日再續，我也只能得到幾秒鐘的安詳。在我們並肩而走的陰暗社團教室走廊最終目的地上，還有些絕不能忘記的問題。儘管它們弄得我暈頭轉向，但春日一點兒也不介意。

雖不知在春日心目中我的及格考卷和團員考試哪個重要，但她邁向社團教室的腳步仍像踢踏舞般輕快，看來她的確樂在其中。在她眼中，恐怕那些準新團員們都是第一〇一隻黃金鼠。

我期盼那些個準新團員都身懷齧齒動物的機敏，和貓科動物的從容。與其成為春日的無用心理學實驗動物，倒不如看清自己，時而悠然遊走時而蜷縮防禦，還更能成為遠景看好的人物，對春日搖尾誓忠的人有古泉一個就夠了。雖然他們只要讓自己成為腦袋好像總是放空的陸鬣蜥，就能快速融入這間社團教室，不過依我看來希望相當渺茫。

搞不好他們腦袋構造都和春日差不多。對ＳＯＳ團和前途仍看好的新生而言，一次決勝負應該比接二連三地闖過拖拖拉拉的入團考試還要好吧。

該說是預料中事嗎，社團教室裡的黃金鼠兼準新團員們果然又少了些，剩下三男兩女共五人的full house。儘管較昨天少了一人，但就我的觀點來看已經算多的了。我真想來個一對一對談，問問他們到底對ＳＯＳ團是哪點執著，可惜那是春日的職責，而這位握有本團所有統管、決定權的最高權力者一踏進社團教室，就高聲宣布：

「ＳＯＳ團入團考試最後階段現在開始！」

已在教室內待命的朝比奈學姊停下注茶的動作，兩隻眼眨啊眨地。獨自端詳著動物棋盤面的古泉兩手一攤，長門在角落貫徹沉默主義一頁頁翻著舊書。不到十秒的寂靜後，我終於開口：

「已經到最後啦？」

「是啊。」

春日跩得二五八萬地說：

「拖太久也只是給大家添麻煩而已，再說我資料也蒐集夠了，之後要看的只剩毅力，友情努力勝利都不需要。他們和我們相處的時間應該還不夠發展出友情，努力也只是繳不出成績單的人的藉口。至於勝利嘛，要的也不是贏過什麼，贏過人才是最最重要的。像這種時候，如果贏不了我就等於零分囉。」

春日睥睨的視線在五名新生間巡了一圈，點點頭說：

「不錯嘛，都有按照我的吩咐帶體育服來了，那就趕快換吧。」

在相應人數的鋼管椅上正襟危坐的一年級們各個面面相覷，沒有動作。這也難怪了，突然下令換衣，是要人上哪兒換啊？話說回來，春日是何時傳話要他們準備道具的呢，竟然全都把裝體育服的束袋帶來了，真是值得嘉獎。這是個事事都很新鮮陌生的時期，雖不知體育服和這個與運動社團八竿子打不著的社團活動有何關聯，但今年的新生們仍遵從了暴虐團長的命令。

「啊、好。」

「知道了。」

各自如此低聲說道，拿著體育服挺身站起。

但也只是站起而已。看來他們的羞恥心仍維持在極為健全的狀態，不會在換衣時對共處一室的異性要求男女平等。

不知怎地，古泉、長門和朝比奈學姊都沒有迴避的意思，「別客氣請換」彷彿寫在臉上。古泉保持微笑（這傢伙該不會是個悶聲色狼吧），朝比奈學姊順著行程動手尋找合人份的茶杯，長門仍在教室角落看她的舊書，臉也不抬一下。

看來向這群滿面問號的新生伸出援手的任務自然是落到我頭上了，於是我深吸口氣，牙關一咬——

「來，現任團員都到教室外面，有希也要！書到外面也能看吧。」

這時，春日發揮她平時少見的領導力。

「女生先換，男生在走廊上等女生換完也跟著進去換。雖然我相信價值觀在男女之間應該要一視同仁，不過身體上的區別就不能馬虎了。來，快出去快出去。」

看不出她以前在一年五班教室裡，還是個在男生眼前大方寬衣的女高中生。不提了，那大概只是我的錯覺，也可能是被春日的笑容弄迷糊的緣故。

話雖如此，我還是得問個明白。

「妳到底想要他們做什麼啊？」

看起來像是體能方面的測驗就是了。

「我沒說過嗎？馬拉松大賽啊。」

春日兩手抱胸，擺出一副理所當然的表情。

「考那些慢吞吞的試的確不太適合我，像這樣乾脆一點反而導出好結果的例子也不少喔。畢竟社團體驗期就快結束了，為想加入第二志願的落選者考慮一下也是應該的。於是我想到了這個，也就是最後要用體力決勝負。活力是最重要的，所以最合適的就是馬拉松啦。」

我開始回想SOS團至今是否有過任何耐久測試。

「喂喂喂，先等一下。」

儘管還是別說的好，不過這斗室中會對春日的暴走出聲抗議的也只有我一個。

「那妳之前考的又怎麼辦啊？該不會到頭來還是只用馬拉松決勝負吧，那麼一開始這樣做不就好了？」

「嘖、嘖、嘖嘖嘖。」

春日像個早料得會有此問的主考官一派輕鬆地咋舌搖指，對只聽了點皮毛的小沙彌用高僧開示般的語氣說：

「你頭腦也太簡單了吧，阿虛。之前的面談和考試當然不會沒用啊，我可是很有看人的眼光喔。說到我的眼力和注意力啊，大概和發現小老鼠躲在地面岩塊陰影下的老鷹一樣好吧。」

只是再不用多久，那隻可憐小老鼠應該會被妳帶回巢裡裝盤上桌吧。

「我之所以會考試考試說個不停嘛，就像是……像是懸疑片裡的麥高芬那樣啦！（註：MacGuffin，電影用語，指能使劇情發展的物件、人或目標等，例如眾人爭搶的物品）」

「像這種時候應該是燻鯡魚吧（註：red herring，另指混淆、轉移他人注意力的事物）。」

古泉冷靜地吐槽，但我卻因全然不知糕和魚（註：麥高芬原文音似麥當勞早餐的 MacMuffin）有何關聯而選擇閉嘴，只是春日自己也不是很懂的樣子。

「沒差啦，重點就是這是場名為考試的適合度測試。嗯嗯嗯，簡單來說我其實一直都在觀察、試探你們，考試內容根本不重要。那些問題的解答，不過是用來篩選這些能夠留到現在的新人的過程而已，所以呢——」

春日伸出食指，當著新生五人組的鼻尖畫弧。

「恭喜你們成功突破重重關卡，並得到了挑戰最終試煉的權利。快趁現在大肆慶祝一下吧，接下來的才是真正的考驗呢。先警告你們，最後一關比之前都難上好幾百倍，需要體力、毅力、精力、勇氣，然後是身為人類最重要的能力——也就是永不放棄的決心，方能取得在破關後等待你們的最終勝利！」

總覺得那只是些籠統的場面話，但也挺符合現況，應該不是純粹說好聽的。春日就是這麼一個想到什麼做什麼的人，如果這次不是這樣，那她能和這世上哪裡的誰商量啊？

我不住微微苦笑，正因為春日是這種人，才會讓我有時……

我死命踏爛了剛鑽出心頭的小苗，好險好險。即使那只是在腦中成形的字句，也只有自己才聽得見，但是也因為聽見了所以更不能置之不理。

語言是一種認知，一旦有了那種認知，在我盼望盡可能長長久久的人生中，我就很可能不得不對某種生死交關的判斷做一套深層剖析。也許只是無用的掙扎，但現在的我仍不想被任何意識型態或原則拘束。

最後，思考緊急煞車的我，開始遙想其他愉快的事。例如鶴屋學姊家的八重櫻觀覽記，或是對我熱愛的遊戲將發售新作的期許……

「…………」

也許是看穿了我的心正在掩飾些什麼，長門流順地抬起臉，盯著我看了一會兒，又低頭翻書。

「啊……」

不要緊。被誰發現都好，只要不讓春日知道就天下太平。不過呢，讓她知道一點點也無所謂吧……對不起，這瞬間閃過的果然只是一時鬼迷心竅。不是不是，真的是這樣啦。

唉……最需要像這樣找藉口騙自己的，就只有一些不管時隔幾年，想起來都會打算一頭撞死的悲慘回憶吧。人類的腦真不是普通的糟糕，會突然想起的淨是些想早早忘掉的事。哪位仁兄快來實現人類貓化計劃啊，貓的腦袋裡應該沒有半點遠大的野心或是對未來的不安。

上更衣室應該也曾是春日的選項之一，只是被視為浪費時間而打了回票吧。

更衣行動在春日的男女輪用社團教室制下強制執行，我、古泉和朝比奈學姊自然也離場迴避，在走廊上兩手空空地發呆。只是到了一年級男生們該認命換體育服的時辰，春日仍一臉「懷疑啊」地站在裡頭，被要求離席的長門最後也只是低頭看書一步也沒動。先別指責我，我也想過要她們考慮一下這三位青仔欉非得在學姊面前袒胸露背不可的心境，不過我完全不認為他們有何寶可現，而那也可能是春日入團考試中的一環。當我想到換女生時也許我待在裡頭也不會有事，新生們全都已經換裝完畢踏向操場了。

話說在前頭，我真的不覺得有什麼好可惜的，畢竟那在我的原則或是性格上都是辦不到的事，而且朝比奈學姊還在一旁看著呢！

就這麼繞了一大圈，春日謹獻的ＳＯＳ團最終入團考試終於到來。能開始是很好啦，不過令人稍稍不解的就是春日竟也換上了體育服。縱然這位毫不憚於震盪自身精神世界的少女，踏著自編自奏的即興街頭嘻哈曲調更讓我在意，不過最大的懸案，就攤在我們前往的操場上。

放學後的操場是運動社團必爭之地這點，我想不必多做解說。對一介不特別培植體育人才的縣立高中而言，這是每日皆有的光景。現在，田徑隊、足球隊和棒球隊等大社和只是做些小型運動的學生們，正不停為了陣地你爭我搶，就像主張各自領土權的小國豪強，在國境邊緣進行無言的角力。

幾乎獨占了四百公尺跑道的田徑社戰況雖沒那麼慘烈，不過春日正意氣風發地領著五名新生毫不客氣地朝他們走去，好比一尾突襲小魚群的旗魚。

儘管事情至此已騎虎難下，但是每日上下學和體育課外不做任何運動的我，便在春日的恩准下，和古泉跟朝比奈學姊一起在步下操場的樓梯上待命。他們跟了春日那麼久，對她的下一步自然心裡有數。打從一開始就看似無心參與的長門，現在應該還在社團教室裡徜徉書海吧，真是明智的決定。

也就是說，除長門外的我們這三位現任ＳＯＳ團團員，都唯有路人化一途可選，要是說錯了什麼被迫上場可就慘了。

仔細一看，春日先是像個天王老子刁難某個田徑隊員，接著絲毫不顧眾隊員的怨氣和眼光，帶著五名新生在起跑線前整隊。

「讓我們跑應該沒問題吧！雖說田徑隊除了跑步以外別無長處，但我們可是為了更崇高的目的而跑的。而且我們只有跑今天一天，又不會帶來什麼困擾。再說操場可是北高生的公共場所，我們拿來跑步有意見嗎？」

速速說完這長串後，春日給了對方〇．一秒的時間。

「沒意見是吧，那就這樣囉。」

聚集過來的田徑隊員還來不及開口，春日已向眾嘍囉發號施令。那只是一句簡短的——

「預備——跑！」

說著，春日已飛身而出，但新生們卻仍楞在原地不知所措，大概是沒被告知要做什麼吧。

「發什麼呆啊！快點跟上——！」

他們的石化被春日的大嗓門敲開，跨步追上正繞行起跑道的體育服背影。從領先的春日步伐看來，這應該不是短跑——啊，對了對了，是馬拉松大賽耶。

她到底想讓他們跑幾千公尺啊，連馬表都沒帶的說。

話說回來，最終試煉只是單純的馬拉松，真是不幸中的大幸。

「幸好不用去湊一〇一隻黃金鼠。」

我在樓梯頂端坐下，遠眺著眼下的操場喃喃地說。春日不停為落後的新生大聲打氣，健步如飛地帶隊前行，活像隻牧羊犬。

瞇眼遠眺的古泉對我做了點反應。

「雖不是不可能，不過在涼宮同學的意識裡，黃金鼠大概沒什麼特別涵義吧。」

「要是春日真的要那樣做，你會怎麼辦？」

古泉雙掌向上一托，宛如在秤著些什麼似的。

「當然是拜託我朋友經營的連鎖寵物店，一間一間盡我所能替她湊啊。以純觀賞的角度來說，黃金鼠是很可愛的小動物喔。」

只要不是全部擠成一箱就好，又不是要做蠱（註：將大量生物存於密閉容器內埋於地下不予餵食，任其自相殘殺。據說殘存的最後一隻身上將宿有所有慘遭啃食的冤魂，屆時便能成蠱）。

「對了，古泉。」

「什麼事呢？」

「那些參加瘋狂馬拉松的新生，是不是每個人真的都家世清白啊？」

「那是當然的。就調查所知，沒有任何值得顧忌的地方。無論是外星人或未來人等等，和現世人類範疇不同的一個也沒有。」

古泉的手往顎尖輕輕一撫。

「只是——」

「只是什麼？」

「如果要挑一個最在意的新生，那還是有的。雖然的確是普通人，我會這麼說也只是出於直覺，或者是種預感，不過就涼宮同學而言……全部淘汰一點也不好玩——至少要選出一個錄取，這樣的想法並不奇怪。那麼留下來的會是誰呢？那個人選就在我腦海裡自然而然地浮現了。雖然那只是個小小的預感，一點理由也沒有……」

感覺他說的和我想的是同一位——而且是女性。

「那個人的背景應該沒有不妥吧。」

「是的，都調查過了嘛。不過那個人有點特別……」

哪裡特別？要說就快說啊，現在馬上。

古泉愉悅地呵呵笑答：

「我就先暫時保密吧，那只是個無關輕重的小秘密罷了。我也能斷言那對我們絕不會造成任何傷害，也許還會是助益呢。」

縱然這隱晦的說辭頗吊人胃口，不過既然古泉都這麼說了，也只好相信。只要扯到春日，這傢伙比我還神經質呢。

「然而——」

又來啦？

「是的。然而，我現在心中有種非常淺薄，卻又相當難以說明的不協調感。請別誤會，我指的並不是那群新生，純粹是對我自己。」

如果是戀愛之外的人生諮詢，我倒能姑且一聽。

「我不認為談得出什麼幫助。」

古泉望著在台階邊盛開的春紫菀說：

「其實我覺得自己好像『變薄了』，該怎麼說呢——」

就外觀看來，你的臉還是笑口半開的鐵面皮啊。

「我指的並不是外在。是例如現在腦裡的究竟是我的意識，還是我在夢中想像出來的非現實的虛擬意識……之類的事。不管怎麼說，也只是一點點疑心而已。」

你該不會是過於操煩春日的精神狀態啦，夜路走多還是會碰到鬼的。去看個心理醫師吧，如果只是血清素症候群（註：Serotonin Syndrome，因服用藥物導致腦內血清素過量，會造成頭痛、暈眩、嘔吐、昏睡甚至死亡）大概能開個藥給你。

「我是真的會考慮喔。如果這是我個人問題就好了，不對，一定是那樣。既然涼宮同學玩得那麼開心，那麼暫時也沒有『機關』出場的分了。」

聽古泉說完，我的視線再度回到操場上。

「大家跑完之後一定會口渴吧，我先去備茶好了～」

依然如此貼心的女侍版朝比奈學姊的話在耳邊響起。

意想不到的是，春日奔跑的步調就長距離馬拉松而言異常地快，而且好像只是想單純地繞著跑道跑而已。不計時代表的就是時間無限，恐怕連要跑幾圈才停之類的明確目標也壓根兒沒想過。

想到這裡，我終於探清了春日的真意，並深深同情那五名新生。

春日那瘋子真的打算要他們全都跑到趴為止。跟不上的就一個個淘汰，然後跟纏鬥到最後的隨口掰些慰勞的話就了事，應該是這樣吧。

看來她是想不到任何比抓黃金鼠大賽更有趣的點子，所以才想用馬拉松快刀斬亂麻。雖想問問她究竟想如何處置筆試等項目，不過現在就是春日的厭倦充分揮發之後的結果吧。要不然，她就是真的很在乎這些陪她玩了這麼多天的新生。

然而，最有可能的還是她從頭到尾都沒有收新團員的意思。

最終試煉，無限期耐久馬拉松。

待春日止步，一定沒有半個新生能站在她背後。春日可是個不許任何人尾隨，媲美超高速彗星的女子呢。

沒過幾圈，新生們開始落隊，彷彿驗證了我的想法。這畫面完全不難想像，就算找來整個田徑隊，也沒幾個能跟上春日那雙飛毛腿。不過，還是有幾個全神貫注地跟著領先的第一隊──也就是只有春日一個──形成了第二隊。

一般而言，馬拉松類的比賽一開始就會訂定里程或是限制時間，但是春日都沒想過。她只想跑，跑到心滿意足為止。終點並不存於空間或時間，對後方新生只是種肉體和精神上的酷刑。

順道一提，春日還擁有來源完全是謎的體力，若放著她不管，她恐怕會樂得一路跑到明天破曉。她身上的粒線體真的是地球產品嗎？即使她身上的神秘細胞能製造未知的ＡＴＰ（註：三磷酸腺苷，能在細胞內儲存或傳遞化學能量），不過現在她威力全開的樣子已教人吃驚也來不及，心中的無奈全都轉成了讚嘆。

像這樣癡癡看著剛踏入海軍陸戰隊之門的新生們被迫從事重勞動，究竟已花了我多少時間呢？

比起合格與否，朝比奈學姊更把慰勞這群報名入團的新生放在心上，回到社團教室準備新開發的蕎麥茶，留下我和古泉觀戰。喔不，不只是我們，原先在操場上各自投注於眼前練習的運動社團成員們，也幾乎都開始關注這場特異的繞場馬拉松。春日的跑姿又美又輕，雖然我不是很熟悉，不過那股躍動感正宛如一頭馳騁草原的鬣羚。

也好，春日就是要這樣，平常也都是這樣。

可是——

沒過多久，操場光景就只能用一幅在土地上揮毫的「屍橫遍野圖」來形容。

被無止境的無限期馬拉松擊垮的新生們紛紛在跑道上癱倒，使我深信在這種年代還進行這般純精神式練習的運動社團，絕不會在不熱衷體育競賽的北高出現。假如春日在一年前就把這當作入團考試，我和朝比奈學姊保證不及格。儘管如今已不需評比入團是福是禍，但我仍會毫不猶豫地感謝春日的隨性。

當然，即便豁達如我，亦不認為有任何新生能通過如此胡來的馬拉松測驗，但春日的無盡強制淘汰賽總有結束的一刻，那就是怪物春日的喘息吹散漫天沙塵、雙腿立定之時。

至此，眼前景物幾乎衝散了我人生十七年來積蓄的自信。

入團報名者在跑道上這裡躺那裡趴，雖然沒說出口，田徑隊隊員仍將路障般的他們搬到操場邊緣。相信這些半僵屍化的男男女女最想要的，就是新鮮氧氣和從茶壺中流洩而出的自來水吧。

然而——

只有一人，在春日宣布考試結束時仍緊跟在後衝過終點線，僅晚了春日數秒。

雖免不了汗流浹背吁喘連連，但她還是辦到了。沒錯，「她」指的就是今年入學的學妹。

不合身的寬鬆體育服罩著嬌小身材，汗濕亂髮在動作稚拙的手努力撥整之下慢慢化為鳥巢，紅暈漸湧的端正臉蛋上有著由衷喜悅的笑靨，令人印象最深的就是那類似微笑標誌的髮夾。

「妳……」

春日的聲音中藏有幾分意外。

「妳很厲害嘛，竟然跟得上我。以前有練過田徑嗎？」

春日的鼻息也不禁紛亂。

「沒有。」

少女立刻回話。

「我都只是參加活動，沒有加入任何社團。一直以來我想加入的，呼啊，就只有ＳＯＳ團而已，所以我撐下來了！因為我無論如何都想加入ＳＯＳ團，才能通過這一關！」

雖不知她跑了幾公里，但她仍答得精神奕奕，也還有力氣在汗水淋漓的臉上擠出笑容。

春日似乎對這番話相當滿意，一面調整呼吸一面說：

「過關的只有妳一個呢。不過呢，這只能算是第一次適合度測驗，往後可能還有很多試要考，準備好了嗎？」

「不管什麼要求我都不怕！哪怕是要撈起水面上的月亮，我也會盡全力去做！」

這兩位的對話，讓安全地帶的我和古泉不禁目瞪口呆。

她身懷不輸春日的腳力和肺活量，而且還是一年級生，田徑隊絕不會放過這種好貨。看吶，因跑道被佔而一臉鬱悶的田徑隊員們已經目露凶光，那絕對是處心積慮要把前景看好的新生挖進田徑隊的眼神啊！

雖然扯上春日就只能死了這條心，但田徑隊員們的眼神仍像個把腦筋動到與佛教勢力保持距離的戰國武將身上的葡萄牙傳教士，對改變新生志向抱有一絲希望。親眼看到她展現長跑實力後，會有這種慾望的確很正常，我完全認同。

少女滿足地用手臂抹去額上汗珠，忽然抬起臉來與我四目相交。那張瞇眼淺笑的的含蓄面容，帶給我無限的既視感。

她會是「知情」那一邊的人嗎？例如身屬謎之第四勢力，擁有連長門和古泉都視而不見的超常偽裝術……想歸想，但她身上沒有一點像佐佐木、九曜、橘京子或神秘未來人那樣的氣息。

該不會是第五勢力吧——

喂喂喂，拜託不要，到底要我和多少人種打交道才甘心啊？儘管我惰性大發，但本能仍告訴我她一點也不危險。她應該只是個與眾不同的新生，春日至少想要一個的準新團員，就這麼簡單。春日想湊齊未來人、超能力者和外星人的知名宣言已經是一年前的事，而在這發生了五花八門荒唐事的一年間，此願已在春日本人不知不覺中全數達成。

春日最新的願望就是招收一個有才幹的新團員，甚至不必是個智人或特殊人種。因此，她真正想要的可能只是第二個好使喚的基層團員，也就是本人二號，那麼通過春日這場入團隨堂考的少女，很可能會淪為ＮＰＣ之流的湊人數跑腿小妹，或是替終將離開校園的朝比奈學姊繼承衣缽的新一代吉祥物。

要是她不是正牌人類，想必在不久之後就會主動與我接觸，到時再盤算也不遲。我早就習慣和奇人異士交手了。

可以肯定的是，這位拄膝調息的新生並沒有什麼超常特質，或是未來人那樣成謎的過去，亦或外星人級的荒謬舉動。

她就是個人類。我不需要任何建議或忠告，這是我研判後的結論。就像現代人，是由外形不定的原生生物在種種搞不懂的經歷後進化而來的事實一樣，是無可動搖的真相。

我偶爾也會做出正確推論的啦。

於是，突如其來的ＳＯＳ團入團考最終章，終於在獨裁團長突如其來的念頭下落幕了。

想當然爾，我的疑問並未因此打消。不只是對那位合格的學妹感到似曾相識，第一次打照面時莫名地吸引我目光的也是她。雖說古泉斷言她決不可疑，但能通過春日的入團考試又蒙其賞識，在在都顯示她不是個泛泛之輩。

到底是哪裡不普通呢？如果是鶴屋學姊那方面的，至少能因為她是這個世界的居民而在安心欄中打勾，要是和外星、未來或超能力有瓜葛，那就是另一個新題庫裡的應用題了。

「嗯——」

古泉朝不禁出神呻吟的我背後一拍。

「不必擔心，她很正常。體力與涼宮同學相當的女高中生，真要找起來也有千百個吧。能得到一位這麼可愛的學妹不是挺好的嗎？她似乎很有跑腿的資質呢。」

看來他是真心這麼想的，滿臉都是從容的柔和笑容。

但是那沒來由的既視感，或者說似曾相識的錯覺，仍拋也拋不開。

雖說這股錯覺，讓對她記憶全無的我在貨真價實的邂逅場面中對她多加關注，但是反過來看，我明明知道我們毫無交集，又為什麼會認為曾見過她呢？這個疑問就像捲積雲般細長的近晚炊煙，在我心頭縈繞不去。

「等等。」

這麼說來問題不是出在那學妹身上，全是我個人問題囉？我才不相信我疑心有那麼重。她乍看之下只是個外表討喜，毫無健康疑慮，人見人愛的瘦小學妹，我到底在動搖什麼啊？

現在，早一步回社團教室的春日和獨享新進團員頭銜的新生應已更衣完畢。當門由內側打開時，奔出教室的少女輕巧地閃過差點與她正面對撞的我，那身影宛若春風中的紋白蝶。

「我該回去了，明天也請多指教！」

她笑得有如夏季盛開的花朵。看似未經量衡的鬆垮制服，特別的髮夾，健康的臉上有著有如雙星其中一側般耀眼的活力，還有略為稚嫩的笑容。

古泉雖在我身邊站得像個超級男模，但學妹沒看他一眼，只對我投以快速直球般的眼光凝視片刻，接著呵呵輕笑。

「明天見！」

她像隻臨時憶起欲往何方的知更鳥，一溜煙衝向樓梯消失無蹤。

我倆沉默半晌後——

「看來她很喜歡你呢。」

耶嘿嘿的笑聲最適合現在的古泉吧，只見他繼續低語：

「哎呀，這個新生還真是可愛，如果能成為同個社團的學妹就更好了。看來她是個不錯的女孩子喔，你意下如何？」

意你個頭，我只是以為春日根本不想收新人而有點訝異罷了。我正在忙著決定自己該對那學妹的毅力足以闖過擺明要刷掉所有人的瘋狂馬拉松讚揚兩句，還是對自己的運動神經抱持懷疑，別想歪。

「其實長跑和運動神經並沒有直接關係呢，根據研究顯示，還是遺傳因素影響大得多。不過這不重要，現在就先這樣吧。」

你真的一點也不緊張啊，古泉？該不會是知道什麼內情吧？

叫喊聲在古泉微微苦笑並聳肩混過我的問題時衝出社團教室，我的追問也就到此結束。

「衣服都換好了，可以進來囉！」

聽起來春日還真是樂歪了。

她一如往常地坐在團長席上，用她專屬的茶杯啜飲蕎麥茶。朝比奈學姊正忙著拾起散落在地的體育服並折起，渾身散發著涼宮家專屬女侍長的風範。設定是不是要改成帶自家女侍來上課的任性大小姐比較好啊？

「那樣好嗎，春日？」

「好什麼？」

「就是收新團員啊。」

「這個嘛，嗯。告訴你喔——」

春日一口氣喝乾茶杯，碰地一聲擺在團長桌上。

「其實我打算一個都不留啦，所以才用馬拉松當最後一關。可是我萬萬想不到竟然有新生能夠跟到最後，驚嘆號和問號都成雙成對跳出來了。就像『!!??』這樣。」

原來如此，她真的從來沒有招新的意思，之前的入團考試全都只是春日的小遊戲而已。

「可是，竟然有新生的體力比得上我，真的讓我嚇了一大跳呢，已經能用特例處置了。像她那麼優異的人才，要是加入田徑隊，成為一流中長距離賽跑選手參加高中聯賽都不是夢吧？」

既然這樣，要不要考慮和田徑隊商量一下來個皆大歡喜啊？

「太浪費了吧。田徑隊當然樂意啊，他們最近比賽一個獎都沒拿耶。像她那樣別的社團搶破頭都想要的人，我當然不會說交就交，而且她可是自己來敲我們ＳＯＳ團的門的喔。要是不尊重她本人的意願，又該把健全的校園教育往哪裡擺啊？這種開民主倒車的行為我才不幹。」

她明明就是最不注重健全校園教育或這世上任何意識型態的人，卻仍然說得興高采烈。

被其他社團投以羨慕眼光的感覺一定讓她爽翻天了。現在又不是群雄割據的中國魏晉南北朝的時代，不需要變成曹操那種人才蒐集狂吧。

「那倒是不至於啦。」

春日在團長桌抽屜中東摸西摸，抽出一張不知擺了多久的影印紙。

「你先看看這個吧。」

接過一看，才發現那是日前春日召集入團報名者並要他們填寫的筆試試卷。呃，應該是問卷才對。

「其他的我都準備要燒掉了，只留她的。新團員的決心就在上面，我想你應該也有知道的權利。」

我的確很想拜見完全通過春日隨性入團考的新生留下的寶貴資料。我快速瀏覽了一遍，鉛筆字跡就在已知問題下的空白處拘謹地舞動著。

以下即為試卷內容：

・Q1「請問立志加入SOS團的動機？」

・A「有想法就要付諸行動，我已經愛上SOS團了。」

・Q2「你入團後能對SOS團做什麼貢獻？」

・A「允許我做的我全都會做。」

・Q3「在外星人、未來人、異世界人、超能力者之中，你覺得何者最好？」

・A「我最想和外星人聊天，最想和未來人成為好朋友。超能力者好像最會賺錢，異世界人的可能性最多。」

·Q4「上述理由為何？」

·A「在上一題一起寫了，對不起。」

·Q5「寫下你親身經歷過的神秘事件。」

·A「沒經歷過，對不起。」

·Q6「一句你最中意的成語。」

·A「空前絕後。」

·Q7「如果你什麼都辦得到，你會想做什麼？」

·A「在火星蓋一座城，然後用自己的名字命名，就像華盛頓D．C．那樣。呼呼呼。」

·Q8「最後一題，請在此表示你的決心。」

·A「我甘願讓視力下降從此與眼鏡為伍。」

·備註「如果你帶了什麼非常有看頭的東西來就有加分機會，快拿過來。」

·A「知道了，馬上拿來。」

……華盛頓D．C．應該不是美國第一屆總統自建自取的城市吧，D．C．又是什麼的縮寫啊？

「不知道，不是direct control（直接操控）嗎？感覺滿像的。」

「…………」

不知是否聽見了春日的不負責發言，長門瀏海微微一顫，沒出聲訂正。

大概認為提供解答也對我們毫無益處吧，她的沉默就像是要我們自己去查似的。

我發出無意義的「嗯」聲。

話說回來，我還沒聽過那位內定新團員的名號呢。我自然地翻轉試卷，看了看正面的姓名欄，但班級座號卻不知為何空白未填。

渡橋泰水

鋼筆字般端正的筆跡寫下了她的全名，只是──

「……要怎麼念啊？Watabashi．Taimizu……不對，是Yasumizu……嗎？」

「她說是Watahashi．Yasumi啦。」

春日隨口回答了我的提問，似乎是覺得那只是個名字，不值一提。

「…………」

然而，我的思緒卻被這名字攔了下來，就像是條捲入激流又被漁網撈起的小魚，而且中招的只有我這條衰魚。上鉤的究竟是這位姓渡橋的少女還是我啊？

「嗯……？」

而且這既視感是怎麼回事？我朦朧的記憶正訴說著我知道這名字，沒錯，我應該聽過。

渡橋，Watahashi，沒印象的名字，沒印象的字，唯有發音——

Watahashi——

「……！」

我腦裡鏽跡斑斑的齒輪突然喀恰一聲咬合，油乾得走不動的鐘再次運轉。在我被錯覺侵襲時，數天前的記憶鮮明地躍上眼前，有種從清澈水底拾起一片玻璃的感覺。

『是我呀。本小姐（Wata～shi）。』（註：渡橋發音和日文的我（watashi）拉長後相近。）

儘管那是通在浴室裡回音化的電話，不過我聽見的確實是女聲，語調稚嫩、老妹沒聽過的女聲。

是我呀，本小姐（Wata～shi）——

電話另一頭就是這麼說的，並不是要和我打啞謎才刻意拉長。

也就是──

『是我呀，我是渡橋。』

才沉浸在撥雲見日的解脫感中沒多久，洶湧的疑惑又將我捲進內心深處。

渡橋泰水……

──她到底是誰啊？就當那真是惡作劇電話好了，她又為何要在體驗期選擇ＳＯＳ團，甚至通過了春日那套亂七八糟的入團考試，還想在明天就成為正式團員？這個新生一定有問題。

況且她的行動力也高得嚇人，居然事先偷跑，打了通動機不明的電話給我。而現在這位背景不詳意圖不明的傢伙，就這樣整個人都潛進我們ＳＯＳ團裡來了。

她究竟是什麼人？是其他組織的超能力者，天蓋領域那勞什子的特務，還是反朝比奈幫的未來人？

話雖如此，ＳＯＳ團異人眾雖對渡橋的留存感到意外，卻仍未表露半點戒心。如果是超能力者、與九曜相關或是未來人那一卦，應會引起古泉、長門和朝比奈學姊的相關反應，但他們只是瞪了瞪眼，學姊還有點開心。雖然按照前例，學姊可能又被蒙在鼓裡，但至少朝比奈（大）也能在我的鞋櫃裡捎個未來密令吧。

這個狀況到底有何意義，抑或是純粹的巧合？擁有春日級體能的新生在某種因緣際會下正好適合加入名為ＳＯＳ團的北高特異同好會，事情真的只是這麼簡單？

只是巧合吧——我的心池還沒清澈到能就這麼算了放棄思考的地步。

再說，那通電話又是什麼意思？

老妹帶進浴室的說得簡短掛得乾脆的電話，究竟是為了什麼？

「唉唉唉。」

還以為能多過幾天閒日子，不過為了世界和平，我可得對這位名喚渡橋泰水的一年級生稍加留心了。

只是，渡橋泰水啊——

春日將問卷輕輕一翻，念出備註欄裡的字。

「你看她還寫……『請務必叫我泰水，能用片假名式發音就更好了』呢。」

漢字跟片假名念起來還不都一樣。

「阿虛，這句話我就不同意了。漢字、平假名和片假名當然都有各自的語調跟語意啊，每個都不一樣。不信的話就用平假名念念看我的名字。」

漢字又會比片假名柔和多少？先不管這個——

泰水啊……

想完了。經過約莫三十秒的沉思，我再次對自己記憶裡查無此人這點確信得不能再信。即便考慮到她小我一學年，我的記憶之原卻仍蓋著一層新雪，遍尋不著半點與那姓名相關的足跡。絕不會錯。

我不認識她。

但是，我也確定我腦殼下的細胞液裡，正充斥著很久以前曾見過她的怪異矛盾。

「要先讓新人做什麼好呢？不可思議事件探索活動去年就辦過了，讓她當新電影的主角……也太早了點。啊，應該先問她會什麼樂器的。」

看來春日全然不覺有異，她為了剛發掘的新團員，精神活動正一如往常地旺盛運作中。

聽見這莫名的不協調音，感到小型炸彈闖入已經夠不自然的日常生活般不安的只有我一個嗎？

渡橋泰水一定藏有什麼秘密。

那會是什麼？足以將她列入調查對象嗎？

我將視線送向古泉。

但我們的ＳＯＳ團副團長，此刻正優雅地品味著副副團長朝比奈學姊奉上的熱蕎麥茶，對我使的眼色一眼也沒眨。

嗯——

……算了，既然你不在意，我也不必操心。是不是啊，古泉？

β—9

隔天，星期三。

風平浪靜，只是不斷深思的一天到來了。

和三味線一起在被窩打滾的我，被老妹硬扯下床後第一個想到的，就是「啊……又要找事情來煩自己了」。操心的事實在太多，連該從哪裡先下手都理不出頭緒。

當然，這樣的睜眼法絕不快活，使我一清醒就陷入憂鬱，有些事總是在在提醒人們——能擁有這段失去意識的時間有多幸福。睡眠是逃避的最佳手段，但也有拖延眼前事或浪費時間的行為等說法就是了。

見到老妹一大早就天真地從後頭抱著三味線搖來晃去，我卻僅以微笑表示嫉妒，我這做哥哥的也許有什麼重大缺陷吧。Ｎ年前的我應該也有這樣的童心才對，不過我仍翻不出任何相關記憶，反倒是想起了一堆恨不得快忘記的事。兩個人的DNA明明差不多啊，到底是在哪裡開始有了分歧呢？難道是性別與年齡差距惹的禍，還是血型不同？我完全不信ABO式血型心理分析或星座占卜，也對迷信不屑一顧，但身邊的人，特別是朋友，對人格形成應該有不小關聯。

我長成了一個彆扭的傢伙，老妹仍維持著手隨心想的直率。就算再過幾年也不會有所變化吧，除非上了國中被不同環境污染，成為一個叛性全開的少女。做哥哥的我不禁偷偷祈禱這天不會來臨，並希望她能永遠當個鶴屋學姊那樣的性情中人。乾脆把她送進鶴屋家當臨時養女好了，鶴屋學姊一定會笑彎了腰，自然而然地享受人生導師的新身分，然後替這份正中她下懷的工作畫下完美句點。只是我對鶴屋二號的誕生還是有點忐忑不安。

附帶一提，鶴屋學姊是我所認識的普通人中最可靠的一個。我甚至不禁懷疑，前陣子替我豪爽地斬斷一切圍繞春日或朝比奈學姊的SOS團大小煩務的恩公，會不會就是她。雖然看不出一點端倪，但是撇開我個人喜好不談，妳看起來也不像個局外人啊，學姊。

從鶴屋山挖出、仍在她手中保管的神秘不明裝置，是個鶴屋一族祖先留言表示超越了當代科技的物體。那絕不是個單純的文化遺產，它是我手中另一項殺手鐧，也遲早會成為某件事的關鍵。雖不知會是對付未來人的利器，或是專剋外星人的神兵，用武之日必定已不遠矣。當然，如果那真是個元祿時代的古董廢鐵，我也有我的打算。

話說回來，鬼牌應該永遠不嫌多吧，就像競技麻將裡的裡寶牌、紅五或明聽一樣（註：上述為日本麻將術語，拿到時可增加台數）。

每日上學免不了的一貫登山活動，只不過是素描般的日常晨景罷了。

為了即時鑽過極可能在我眼前關上的無情校門，我的步調一如往常。總是如此的我無法成為漫步一族，全都是升上二年級也沒變的起床時間讓出門時間幾乎固定的緣故。只要僥倖趕上一次，下次就會在同一時間出發，誠可謂是人類累積經驗的成果。沒事也想早早到校的，不過是一群對破爛校舍抱持倒錯情愫的戀物癖患者罷了。

特別是今天，走在這條總是讓我氣喘吁吁的陰鬱通學路上，有個意外的人物從背後喊了我。

「阿虛！」

是國木田。應該是突然拔腿追來的吧，只見他上氣不接下氣，臉上還有種不知如何是好似的陌生表情。

「你和我以前認識的你一樣，完全沒變呢。」

沒想到開口的第一句，是與一般早安問候方向略為不同的話語。

現在說這個所為何事，有必要在這種地方對我發表感言嗎？

國木田來到我身旁，我也不經意地放慢腳步。呼吸稍微平順下來後，國木田無視我的疑惑表情說道：

「佐佐木同學也和國中一樣呢，我對她的印象到現在還是沒變。」

那又怎樣，為什麼你一大早就提起她啊？

「也就是說，你、我和佐佐木同學都是一樣的高中生啦。不過，我對九曜同學的第一印象就有點怪怪的。雖然對谷口有點抱歉，我想還是跟她保持距離比較好，當時的直覺到現在也沒變。」

真敏銳——大概算不上吧。沒有哪個正常人看到九曜那副德性還不起疑的，國木田的感覺只是極為平凡的正常反應。

「就一般、通常的概念來說，我想她不是個普通人。雖然不知道是好是壞，但我一定不會和她做朋友，會的大概只有谷口吧。對了，其實——」

國木田壓低音量，湊上臉來。

「也不知道該不該說，可是我在朝比奈學姊和長門同學身上都有一樣的感覺。原以為是自己多想，卻又好像哪裡不對勁。只是鶴屋學姊在你們那裡出入那麼頻繁，應該沒什麼好顧忌的。啊，阿虛抱歉，你聽聽就算了，我只是想找個人說說而已。如果你們ＳＯＳ團的活動又需要我幫忙，希望你們別忘了通知我一聲。可以的話，能找鶴屋學姊一起來最好。」

之後到教室這一路上，我和國木田都持續著有一搭沒一搭的閒聊。他一吐心聲後就似乎不再關注舊題，將話鋒漂亮地轉移到對期中考的憂慮、抱怨體育課的兩萬公尺慢跑等日常瑣事。

他是想用自己的方式提供我一些簡單的建議吧。儘管他對鶴屋學姊語帶保留，但洞察力的確相當犀利。

總歸來說，國木田對我們不甚了解，卻仍在一旁關心著我們。他畢竟是唯一認識我和佐佐木的同班同學，就算察覺到我們之間有什麼怪異或曲離的關係也沒什麼。人生中有這麼一個聰明又親暱的好友真是我的福氣，既在考前猜題上受了他不少惠，又是個國中以來的朋友，沒理由讓春日對他的認識停留在同班同學甲。不過谷口就甭提了，他還是比較適合當個永遠的單口相聲家。

國木田一定也這麼想。於是我在這只有我倆的時間點上，大致吐露了剛剛想過的那些話。

他的直覺好像漸漸變得比我身邊的普通人更敏銳了，是被誰影響的呢？

上下午的課程平板順利地進行著，放學鐘聲也在我恍神掉大半課程時在校園內迴盪起來。

放學後，春日和朝比奈學姊便如前日所言趕往長門家探病，將我和古泉兩個臭男生留在文藝社教室裡。明知固定班底的三姊妹不會出現後，這間社團教室真是不堪入目到了極點，而且想體驗ＳＯＳ團的新生一個也沒出現。算了，不來也好，我還該感謝全體新生願意把我們當空氣呢。要是在這種狀態下闖進來，一定和在店長休假期間跑來面試的打工族一樣難處理。

「嗯？」

我猛然驚覺，ＳＯＳ團一旦沒了春日就什麼也不是。不僅無法營運，連個說明會都辦不成，像個失去火車頭動力的乘客車廂，只能在鐵軌上忐忑地站著等死。

「該怎麼做好呢。既然沒人能和我們玩桌上遊戲了，不如就動動筋骨吧？」

被苦悶的沉默壓了一會兒後，古泉以爽朗得擺明有鬼的音調問道。

「也好。」

正好我也想舒緩一下。

古泉搬下堆在櫃子頂的瓦楞紙箱，在我眼前打開。

裡頭是凹坑處處的鋁棒和破爛手套，都是之前參加市府舉辦的草地棒球時用過的裝備。春日沒有處分掉這些從棒球隊暗槓來的中古棒球用具，硬是留了下來，簡直是隻什麼都想拖進巢裡的黃金鼠。她該不會今年也想參加棒球大賽吧？那倒也還好，要是連續兩年都用自動導航球棒和我的魔球作弊，絕對會遭人白眼，我也不想再站上投手丘了，草地足球還有得談。

我仔細端詳紙箱內容，卻不見任何硬式或軟式棒球，只有春日不知打哪兒弄來的網球在裡頭打滾。如果要在中庭玩，這應該比一般棒球安全得多了。

於是，我和古泉拿起滿是裂紋的手套和毛茸茸的螢光黃網球，離開了乏人問津的社團教室。

中庭連隻小貓也沒有。回家社的早就都完成任務，不會逗留校園，文藝性社團也都在各自教室內煞有其事地進行活動。聽得見的只有管樂社的破喇叭聲，被來自操場的運動性社團團員的示弱喊聲微微蓋過。

因此，像午休那樣打開飯盒團團圍坐的學生們已不復見，會阻礙我們傳接球的只有錯落中庭的櫻樹。現在花瓣幾乎謝得一朵不剩，新綠正擴展著勢力範圍，蓑蟲一定愛死了這個時期。

「我先開始囉。」

我接下了爽朗王子古泉投出的下墜球。

手套幾乎沒有衝擊和聲響，他明顯地留了手。

我跟著握緊網球，以側投還擊。

「投得好。」

古泉接下球，像平時那樣說點表面話又回傳給我，好比內野手接下軟趴趴的滾地球再傳給一壘手那樣輕鬆。

和古泉傳接了一陣子只算是殺時間的球，我不自覺地想起橘京子說過的，像是差點忘了也像是很想忘記的話。

——我卻有點尊敬他呢。

會將ＳＯＳ團副團長視為崇拜對象的人一定不多，先不論長相和人緣在同年級女生間造成的人氣——

「古泉。」

「什麼事？」

「呃……」

我支吾起來，也對這樣的自己感到不齒。古泉就是超能力集團的首腦？森小姐、新川先生和多丸兄弟都是他的手下？我還沒簡單到這麼快就把這種事當作事實。

「沒事。」

古泉對唐突閉口的我沒有露出一絲疑色，反倒以一切了然於胸的口吻——

「那我可以問你一個問題嗎？」

開口反問。

「你聽過『諾斯底主義』這個詞嗎？」

「完全沒聽過。我對政治語詞生疏得很，連共產主義和社會主義也分不清。」

古泉苦笑一聲，以「所謂的諾斯底主義」替下句話起頭。

「可說是一種思想性或宗教的主義。在我們居住的這個無度採用各國宗教節日的類多神信仰國家中，可能是種較為陌生的概念。簡單扼要地說，這在信仰唯一真神的國家裡，是種被稱為異端的主張。若要追溯起源，應該會追得相當久遠吧。雖然現在完全被認定為異端，但這種想法早在基督教確立前就流傳多年了。」

很不巧，公民課幾乎都被我睡掉了，所以根本聽不出來你想說什麼。

「那麼，我就簡述一下諾斯底主義吧，請容我長話短說。」

如果能簡略到小學生都聽得懂，我倒是沒意見。

「古人認為世上充滿了罪愆。假如世界是全知全能、絕對正確的神所創造，那麼理應不會賜與人民如此荒謬的苦痛，甚至打造成一個完全的烏托邦也不過。然而，世界在社會的種種矛盾造成的不合理之下擴展，時而惡勢力當道，使弱者飽受欺凌。為什麼神會創造這個殘酷的世界，又棄之不理呢？」

大概是發現自己玩進壞結局路線就懶得碰了吧。

「也許就是那樣。」

古泉將手上的球輕輕拋高，再一把抓起。

「那麼換個角度想怎麼樣呢？答案可能很單純喔。也就是說，世界並非由善神所創，而是某個心懷惡意的神級人物設計的。」

兩邊都差不多吧。用錯誤設計圖蓋了房子的木匠究竟是不是出於惡意，讓司法去論斷就夠了。

「若真出自惡意，那麼神常對惡行惡狀視而不見便有理可據，因為祂的本質就是惡。可是，人仍擁有良知，不是全都是惡人。能將罪惡視為罪惡，即證明人類擁有能與其對比的善。若世界真被罪惡塞得水洩不通，那麼善的概念也不會產生。」

古泉讓網球在指尖上旋轉著說：

「所以古代人開始深信世界是假神所造，而這個認知，是的確存在的真神賜給人類的一絲光明。換句話說，神不存於世界之中，而是在外界守護著人類。」

不這樣想就沒完沒了了吧。

「的確。正因為這個主義將世界創造主稱為惡魔，才會成為一般信仰的多數派信徒打壓的對象。你世界史上過阿爾比十字軍（註：1209年，法國教宗英諾森三世為鎮壓法國南部的基督教阿爾比教派所組織的軍隊，暴力鎮壓長達二十年）了嗎？」

不知道耶，我再問春日好了。

「另外，諾斯底主義的教義和現代社會可說是相當契合呢。不過，和史前時代相比，現代人在精神層面上其實沒多大差別，我們現在會想的，以前人也可能想得到。即使科技和觀測精度再怎麼進步，也無法大幅提昇生物學上的思考層級。現在我們已陷入進化的死胡同，而且不是近年來才發生的事。這將是人類史上永遠的難題呢。」

雖覺得古泉的理論跳得有點快，但是對學術性吐槽不拿手的我只好放亮罩子保持緘默。讓低劣注釋造成對話脫序和我的原則相牴觸。

「好吧，都說了那麼多，現在就稍微整理一下我們所捲入的現況吧。」

原來剛說明的一大票都是引論啊？愛兜圈子這點真是死性不改。

「橘小姐那一派就是認為涼宮同學不是真神。也許涼宮同學的確是這個世界的創造者，但她實在過於缺少自覺，而無自覺的事實，讓他們認為她不是真神。相對的，足以讓他們信奉的真神一定就在他處，而他們也確實找到了，不過也可能只是自以為找到了也不一定呢。」

所以才找上佐佐木啊？那個和我國中同班，自稱我的摯友的怪女生。

「閉鎖空間也是評斷標準之一。」

古泉閒聊般地說。

「涼宮同學的閉鎖空間充滿了破壞的衝動，沒有身為造物主的建設性，又不是要招攬公營事業到裡面去大興土木。」

居然還加上無聊到爆的冷笑話。

「另一方面，據說佐佐木同學的閉鎖空間相當穩定，就像穩恆態宇宙論（註：於1948年所提出的宇宙觀，認為宇宙雖然不斷膨脹，但是任意空間中的質量卻是定數，宇宙的基本構造不會隨時間改變）一樣，裡頭似乎有著永恆的寧靜。也許嚮往沒有《神人》，寧靜得使人安心的非現實世界的人會比較多吧。」

我想起那個被微光包覆的無人街景。人煙消失後，取而代之的是種莫名的柔和，能窺見某種恬適。想靜靜準備大考又苦無自修室的學生，大概會掏錢買張入場券吧。

「更進一步地說，如果像佐佐木同學那樣經常製造閉鎖空間，是不會出什麼問題的。然而要是涼宮同學的精神尚稱穩固，懂得壓抑，也不會因為一點不順心就立刻爆炸。這種狀態就像著了火的引線，若能半途澆熄就一切平安，若是不斷累積，就會一路燒進火藥庫。」

你當她是二十世紀初的巴爾幹半島啊？

「砰！」

古泉兩手一張地說。

「於是閉鎖空間就這麼產生，並在《神人》助長下擴大。」

古泉搓著下巴，活像個準備在決定性一刻公布精心推理的名偵探。

「相反的，佐佐木同學經常製造出定量的閉鎖空間，使其不至於失控。這就是她被選上的原因吧。」

那哪邊比較好啊？不定期釋放沉積物和平時就抖出一大堆，哪個比較會受到人民抬愛？

「這個嘛……」

古泉爽快地放棄回答，用大拇指彈起網球。

「由於我是站在涼宮同學這邊的，所以我的判斷可能有所偏頗。即便有人能做出客觀判斷，也肯定不會是我。我只要貫徹自己的使命就夠了，我還是有自信完全不涉入逾越職權的事態的。儘管有自信，一旦事情牽連到涼宮同學，我的眼就蒙上了一層薄霧，只好把這個任務託付給某個熟知涼宮同學和佐佐木同學的人了。」

是喔是喔，那個人到底是誰咧。

「能再聽我說一件事嗎？」

古泉語氣如早春的雲雀般輕巧。

「此時此刻，我們ＳＯＳ團仍團結在一起，而且比過去更為緊密。無論是外星生命體、實為地球土著的未來人還是擁戴涼宮同學的限區超能力者，之間的隔閡等同於零，抱持同樣的心念朝同一目的邁進。中心人物就是涼宮同學——」

古泉像是執行舞台導演演技指導般拉長語尾，動作誇張地低聲說道：

「還有你。」

現在裝蒜也沒意思，儘管丟給我接吧。於是我順手拍了一下手套，待古泉開口。

「這個問題不僅關係到ＳＯＳ團全體，和每個人都有關。長門同學和九曜小姐、朝比奈學姊和自稱藤原的未來人、我們『機關』和橘京子一派、你和佐佐木同學，所有人應該都是被同一條線聯繫、交纏，然後朝唯一的中心點前進。姑且不論在那中心會發生什麼事、會出現些什麼，行為後果必將產生一個結論。恐怕，這很快就不是你一個人的問題了。」

「那我該怎麼辦？要搞笑還是旁觀？還是將這一切老老實實紀錄下來，替後世歷史學家省點力氣？」

「怎麼做都行呀。」

古泉像個思考二縫線或四縫線球的投手，將手指貼上棒球縫線。

「我想到時候你自然會明白該怎麼做，或是不得不做些什麼。你只要順自己的心意去做即可，甚至不須多做思考。人類的判斷力要是沒被磨鈍，就能在緊要關頭採取正確行動。你至今所有的行動都是正確的，而我也半是確信、半是期待你以後將依然如此。」

言盡於此，似乎無話可說的古泉再次向我出招，這回是頗有後勁的直球。手套裡捏緊的球，告訴我該聽的都已經聽完了。

的確——

不是古泉、朝比奈學姊或長門，當然也不是春日。

必須做個了斷的任務已經交到了我手中，而且一開始就是如此。平時我大概會來個「唉唉唉」混過去，不過既然被我封印了，就不必再端出來用。

一開始我就有此打算，我早就察覺到了。當然我不知道該怎麼做，但我仍會放手一搏。春日和朝比奈學姊擔心長門的模樣在我腦漿裡擠出一個氣泡，我怎麼還在這裡和古泉傳接球啊？

這才不是我現在該做的事，無論以前以後，ＳＯＳ團業務中絕不會有這麼無聊的項目。

「哼！」

我高舉雙臂，用標準投球姿勢朝古泉的手套奮力一扔。

「好曲球。」

他雖這麼誇我，但我想投的其實是直球。

「唉，算了。」

儘管不如意，卻也是可以接受的結果，和平時的我相去無幾。這樣子也能夠擾亂打者吧？

現在，是不是該站上投手丘迎戰未知的下一棒了呢？

嚐嚐我卯足全力的變化球吧。

我投出的球在古泉手中擊出略為清脆的響聲。

「如果我能變成超人那樣的美漫英雄——」

即使不可能，我還是說出了口。

「並得到能爽快解決世上一切麻煩事的能力，那我才不會加入正義的一方，只求把惹人厭的傢伙全都揍扁。」

古泉停下回傳的手，用生物學家在叢林深處發現珍稀生物的眼神望著我，發出特有的呵呵淺笑。

「那並不是不可能喔，只要涼宮同學如此希望的話。要是她能確信——你身上有不為人知的力量，和某些人朝朝夕夕生死論戰，你就能成為你心目中的超級英雄吧。不管你變成什麼，我都不會吝於馳援，問題是你真的想當個能一拳擊飛外星異形，一吼轟散未來詭計的武鬥派英雄嗎？我再重複一次，沒有什麼不可能，全都取決於涼宮同學的意念喔。」

想都不用想，那根本不是我的工作。超能力突然覺醒然後斬除眼前敵人？靠的還是武力？

那是哪個年代的兒童節目啊，這種梗早在三十年前就用爛了吧？現在還在搞這套的人，就是人類文化精神在復古風吹起之前就沒啥長進的鐵證，我比較想接觸新時代的傳說。

反正我就是這麼彆扭的人，王道橋段在我眼中，就跟擺在蹲式廁所旁的衛生紙一樣，值不了幾個錢。

我接下古泉小便球般的超慢曲球，並開始打量該讓球如何旋轉才能變成嚇壞打手的魔球，卻只想起一句空想不如作夢。

扔夠了球的我和古泉終於回到社團教室，裡頭當然空空如也。不過想報名的新生不用說人，連個鬼影子都沒有，真讓我有點意外。來了那麼多新生，總有一個腦袋齒輪異於常人的吧？話說回來，我的腦大概是被春日菌侵蝕得差不多了才會這麼想。

春日和朝比奈學姊一通電話都沒打來，大概是在長門房間裡玩得樂不思蜀了，沒消息就是好消息嘛。春日一定以為長門只是不小心受了風寒，想靠自創的民間偏方和毅力醫好她。儘管想必已幫了不少忙的朝比奈學姊對長門有些恐懼，但是看到同伴虛弱的樣子，就把意識對立什麼的拋諸腦後了吧。大人版朝比奈雖是另當別論，可是現在的朝比奈學姊可是個大好人。朝比奈護士啊，該不會真的換上護士服了吧。

回到了社團教室，能做的事就和在職棒一局下半就被請下場的菜鳥先發一樣多。

總之，我和古泉隨隨便便收拾球具，檢查有沒有人開過電腦後就鎖門離校。好機會，趕快回家打坐冥想，看看自己決心到底下了多少。

我在門前停好愛馬並打開沒上鎖的門，第一眼見到的就是老妹亂脫散置的彩色小鞋鞋，以及沒看過的黑皮鞋，就尺寸看來應該屬於女性。以為美代吉又來玩而沒多想的我，一踏進自個兒房門就嚇得差點後空翻逃出房間。

笑咪咪地端坐在內的老妹擅自出入我房間當然沒什麼好大驚小怪，但她的伴兒卻給我像在鄉間野道被無霸勾蜓（註：一種大型蜻蜓，體色黃黑相間，複眼為綠色，展翼寬約有12公分）迎面撞上的驚嚇。

那個女生輕柔地撫摸著大腿上的三味線下巴，抬起頭來對我彎目微笑。

「嗨，這隻貓很不錯耶。你知道嗎，在下忘記是哪裡看來的論文了，內容是說養貓有分中獎和銘謝惠顧，和種類或血統無關，反而和飼主的自主性關係比較明顯。就在下所見，能養到三味線真是中大獎了呢。不是說你有福氣養到公的三色貓啦（註：三色貓幾乎都是雌性，雄性稀少到甚至能上新聞），該怎麼說呢，牠有適度的智能和適度的野性，說不定比人類孩童還了解人類呢。」

「這傢伙有時比人類還囂張，我看牠根本不覺得自己是貓咧。」

「阿虛，其實剛好相反喔。貓是把人類當成同類，也就是當成稍微大一點的貓而已，所以不會跟人類客氣。在牠們眼中，人類只是沒比自己敏捷也不會抓老鼠，老是坐

著的笨重遲鈍生物，但是狗就不一樣了。狗和人類自古就擁有同樣的社會性歷程，兩者過著同樣的群居生活，所以容易打成一片。狗大概認為自己也是一種人類吧，所以才會對飼主或首領忠實服從。」

「佐佐木。」

連書包都忘了放的我發出乾巴巴的聲音。

之後我才轉向老妹——

「老媽呢？」

「去買晚餐的菜了～」

她還是答得那麼無憂無慮。

「是喔。好吧，總之妳快點出去。」

「蛤～」

老妹吹漲了臉。

「人家難得能跟姊姊玩的說～阿虛大壞蛋。」

儘管老妹使勁歪頭撒嬌，還是拗不動我。

「我才不壞，我和佐佐木有重要的事要談。對了，是妳開門讓她進來的嗎？不是說過很多次，一個人在家就不能開門讓陌生人進來嗎？」

「她才不是陌生人呢～她是阿虛以前常常帶來玩的佐佐木姊姊。雖然都只有在門口，可是我知道你們會一起騎車出去喔～對不對～？」

見老妹故作正經地徵求同意，佐佐木苦笑著點點頭說：

「想不到妳還記得在下，真是榮幸。哎呀，小孩子長得真快，要刮目相看了呢。嗯，應該不能說是小孩子，妳已經是個亭亭玉立的少女了。」

是嗎？外觀內在跟那時完全沒長進嘛。

「在哥哥眼中當然是那樣。因為你們是從小一起成長的，所以就被你當成是日常光景的一部分了。你是即時看著她的成長，自然只會相對地做比較，在下則是只能以絕對角度觀察，才會覺得她有顯著成長。」

聽起來有幾分道理，不過妳應該不是特地來對我老妹發表感言的吧？

「不是。在下的情緒還不至於被突發事件左右。」

我硬是將佐佐木腿上呼嚕作響的三味線一把抓起塞給老妹，推她出門。

「喵啊！」

我無視三味線的抗議說道：

「現在我們兩個不是要玩，是要講一些妳不會感興趣的話，所以妳就自己先去樓下玩吧。妳把客廳裡貓箱的木天蓼噴劑弄一點在磨爪板上，順便換個貓砂再幫牠刷刷毛，三味線一定會很開心的。」

「欸——？我也想和姊姊聊天，我要聽阿虛說什麼～！」

即使老妹抱起三味線用全身表示抗議，仍遭到我強制驅離。小學矮冬瓜跟貓在門外念念有詞地抱怨了一陣，最後下樓聲終於傳來，讓冷靜從雲端上回到我的頭殼裡。

佐佐木咯咯的愉快隱笑應該也有讓我找回平常心的療效吧。

「她真的真的好可愛喔。光是幾句話，在下就能確定她的確是阿虛的妹妹了，她的成長環境實在不錯。在下也能隱約感覺到，她真的很喜歡哥哥。對她來說，你這個最親的人就像是能帶來驚喜的魔法師，譬如想養貓的時候就真的帶隻貓回來，她一定超尊敬你的。」

可是我從來就沒感到過半點尊敬啊。兩、三年前的她根本是個碰不得的愛哭鬼，有好幾次都恨不得找塊布塞了她的嘴。經驗告訴我，總是空下家庭成員表妹妹欄的人，對妹妹這個詞都有獨自的憧憬，不過就算在旁人眼中的確就是那樣，這還是一點也不重要。

想到這裡，佐佐木再添追擊。

「講一件無關緊要的事。比起新鮮的水，貓更喜歡喝人泡過澡的水之類的喔。」

這又是哪椿？

佐佐木咯咯竊笑。

「所以一開始才說是無關緊要的事啊。」

「然後咧？」

我將仍掛在肩上的書包扔上床，在佐佐木面前盤腿坐下，看著老同學微笑不為所動的臉。

「那妳真的想說的又是什麼？希望是有關緊要。」

「很多很多。」

佐佐木回送的視線有如盛開八分的染井吉野櫻那樣嫣柔。

「你差不多快憋到極限了吧。就各種意義來說，上次見面的干涉實在太多了。在下一直在找一個能和你侃侃而談的機會，還想說你必定會有什麼提案，才整晚沒睡等你的電話，結果卻音訊全無，讓在下有些錯愕。」

不用那麼誇張吧，我自己也快想破頭了。例如到底該怎麼對付外星人，或是哪本電話簿有銀河警備隊服務電話之類的。

佐佐木的表情戲謔得像個對自己設的陷阱位置瞭若指掌的小鬼頭。

「怎麼這麼冷淡啊。沒關係，在下已經習慣你的任何反應了，隨時都能包容你。現在在下就直接切入正題吧。」

對何謂正題仍是一頭霧水的我乖乖點頭，既然她都特地登門拜訪且這麼說了，我就靜靜地洗耳恭聽吧，想必是椿值得一聞的貴重情報。

「那麼就先讓在下報告，對周防九曜諸多測試後所得出的見解。」

那的確是其中一項我很想知道的事，價值高到能讓我耳朵拉得跟臘腸狗一樣長。

佐佐木從腿上捻起一根三味線掉的毛，並注視著它。

「從小，在下就一直想像如果外星人存在，那會是長什麼樣子。在小說漫畫中，外星人的前提大多是能以光學方式觀測外型，以及能達成某種程度的溝通。例如能理解質數的概念，像翻譯機之類的便利工具也時常出現。」

將因此發端的星際對話為重心的科幻小說不勝枚舉，在長門的感染下，我最近也啃了幾本有點艱深的歐美ＳＦ。既然是虛構的，能學的東西自然不少。

「嗯，先把剛才講的擱到一邊。」

佐佐木搖了搖指間的貓毛。

「像長門同學那邊的資訊統合思念體，或是九曜小姐那邊的天蓋領域，似乎和人類編造的易懂故事裡那樣的外星人形象完全不同呢。」

真想讓描寫出火星或水星有人形外星人的古早ＳＦ作家聽聽這句話，應該能讓他們寫出更生動有趣的段子吧。

「說的也是。不只是ＳＦ，要是約翰．狄克森．卡爾（註：John Dickson Carr，1906～1977，與阿嘉莎．克莉絲汀和艾勒里．昆恩並稱黃金時代三巨頭，享有密室推理大師之美譽）出生在這個年代，就能利用現代科技編出更多更多詭譎的密室推理小說，讓在下成為閱讀的俘虜。乾脆就拜託你的朝比奈學姊，直接用時間移動把他帶來現代吧，這可不是在開玩笑喔。」

可惜光是被帶回過去就能把我折騰得半死了，還沒有機會一探未來，大概是因為什麼禁止事項才不能把人帶過去吧。

「不過這也只是隨便說說就是了。」

三色的細毛從佐佐木柔細的指尖飄落。

她沉靜的視線定在我臉上，表示閒談的終結。

「可能她們就是因為那樣，才無法理解我們人類的價值觀和動機吧。她們是將自身層次勉強降為與人類同等的高端生命體，也許會有即使知道要談什麼，卻不知為何而談，甚至不知為何非談不可之類的疑問。你認為自己能夠和一個在５Ｗ１Ｈ中，除了誰和哪裡之外其他一概不知的對象交談嗎？」

完全不認為。長門說的話我都快聽不懂了，就連九曜是不是犯人這部分看來也有問題。

但佐佐木說：

「像那樣的溝通不良其實不難理解。比方說，你應該理解不了水蚤或草履蟲的價值觀吧，你能想像自己和百日咳桿菌或黴漿菌閒聊的樣子嗎？」

以我的智能來說的確有點難。

「要是單細胞生物或細菌擁有人類的智能，一定也會對兩足步行哺乳類的行為動機抱持疑問。人類究竟為何而活，人類想對這個星球和世界做什麼，他們對這兩個問題感到的訝異也許比疑問還多吧。」

我說什麼也想不通自己為何而活吧，不過我相信就全人類而言，我這種人一定是壓倒性地佔多數。

「阿虛，對你來說什麼最重要？」

我一時也說不上來。

「在下也是。在資訊高度錯綜的現代社會裡，價值觀是不會被定量化的。」

佐佐木的表情和語氣仍然如一。

「例如說，有的人會覺得是金錢，有的人會說是資訊，有的人會認為是感情。由於人人價值基準完全不同，以致於人無法純粹用自己的價值觀衡量這世上的一切——這點我們都很清楚，所以你才不能馬上回答在下的問題。」

大概吧。

「可是在下認為，以前的人對這個問題不會想那麼多。」

大概吧。

現在是個資訊唾手可得的年代，可是在百年前，喔不，光是十年前，能輕易獲取的資訊就比現在有限得多了。若是倒回戰國時代或平安時代，他們對選擇所下的躊躇會比現代人深嗎？當時的選項一定極為有限，選無可選。

若說選擇的自由會隨著社會的多樣性增加，那麼反過來說，會煩惱該如何抉擇就是多樣性所帶來的弊害吧。當人缺乏資訊而無法當機立斷時，通常會選擇多數方，不過這是種本末倒置。不僅沒有多樣化，反而往一個極端前進，也就是價值觀的均一化。

「看來比起選擇的擴散，外星人更將均一化視為正常的進化路線呢。」

佐佐木的聲音還是一樣地輕。

「然而，外星人似乎也開始注意到事情的另一面。在下猜想，起因就是你和涼宮春日的相遇。」

春日就算了，讓火星人施行總統制對她來說都只是一念之間，我的行動力可沒那麼誇張。

「別那麼說，像你這樣想和話幾乎說不通的外星生命體吵出一個結果，其實很也不簡單呢。那不是誰都想得到、學得來的，你的行為應該是從經驗得來的結果吧。在下很羨慕你喔，阿虛。你口中的長門同學好像很有魅力，讓在下真的很想拿本心愛的書和她促膝長談，九曜小姐在在下面前都難得開口呢。」

雖然是以開玩笑的口吻這麼說，但我還是感到佐佐木話裡有一半以上是認真的。

「我到底該怎麼做呢？」

「我們就來想想吧。幸好藤原先生和橘小姐都是說得通的對象，就連九曜小姐也算。這就是我們最大的武器，阿虛。只要動動腦，用最後得出的論點讓他們甘拜下風就夠了。雖然做起來一定不簡單，但是在下認為你一定辦得到，而在下也是。畢竟思考和向他人表達自己的思考，都是地球人與生俱來的普遍能力。」

光憑我高二初的學力和知識是能吐出什麼象牙啊？那不是諾貝爾獎級的物理學家總動員才做得到的事嗎，我連木衛三跟海衛一哪個大都不知道咧。學力比我差的，我只敢說谷口一個。

「在下覺得，這點程度的問題應該稱不上是問題，因為這是個圍繞著涼宮春日轉動的故事。一切基準都取決於她的認知，無論哪種勢力都是以她的行動和知識作為基本原則，這就是足以讓我們插針的縫了。」

佐佐木露出讓年齡暴增十歲的成熟笑容。

「大人們只會變成絆腳石吧。分析、解析、應對手段、浪費時間的會面……全都是徒勞無功。聽好了，阿虛，這是屬於我們自己的故事，所以我們自己想辦法解決才是劇情的正確走向呢。」

把妳也扯進來，實在不太好意思。

「不必道歉，在下還沒有像現在這麼開心過。既然在下謝也謝不完，如果你有什麼請求就儘管說吧。」

佐佐木以不知是認真還是說笑的口吻說：

「所以說，我們的勝算一點也不小。這裡是偏僻星系的行星，只要以這浩瀚宇宙邊陲的小小星球為舞台，擁有神奇力量的外星生命體就不得不在地球的尺度下行動。想必資訊統合思念體和天蓋領域身上也有類似的制約或不成文規定，否則他們沒必要一直暗中交戰。未來人也一樣，似乎被某些不知為何而設的規定所限制。因此在下推測，該處就是能讓現況回復正常的突破口。」

只是，即便佐佐木的想法或著眼點正確，又該如何證明？

佐佐木從容洩出她特有的咯咯笑聲，像個在聖誕夜裡深信聖誕老人會在枕邊留下心儀大禮的少女。

「我們一定很快就會想出法子的啦。你並不期望現況繼續下去，涼宮同學大概也是，而在下當然也一樣。既然重點關係人的想法這麼一致，在下實在不認為狀況會往其他方向發展。」

身穿制服的佐佐木看來對未來充滿期待，帶給我某種既視感，原來是我想起了春日在ＳＯＳ團成立當天露出的笑容。若說當時的春日是朵盛夏的向日葵，那現在的佐佐木就像朵牽牛花，印象略有不同。

「那麼——」

那麼，妳來這裡主要是想說什麼啊？

「在下只是想和你當面聊聊而已。沒有其他人，只是我們兩個。當然也不用電話或簡訊，所謂隔牆有耳嘛。」

我眼前突然浮出老妹貼著門偷聽的樣子，卻也不經意想到佐佐木也許真的在顧忌竊聽問題。竊聽電話對有點規模的組織而言絕非難事，古泉就不用說了，對森小姐和新川先生……或者是橘京子或藤原一派都是。若想繞點路提醒我這點，便能解釋今晚的突襲訪問。

「還有一件事。在下感覺藤原先生很想趕快了結這一切。橘小姐不甚積極，九曜小姐意圖不明，唯有未來人的他清楚表示自己的目的是出於利益。用類型來看，他應該是只要事情先後完成都無所謂，就會想早點了事的人吧。這麼一來，就算明天有所動作也不奇怪呢。」

如果我能到邪馬台國（註：根據《三國志》記載，邪馬台國是二世紀末統領日本眾小國的強國，女王為卑彌呼）時代旅遊一趟，我一定會四處閒晃，看看陳壽（註：《三國志作者》）的記載有幾分為真。藤原也好好參觀一下過去嘛，何必急於一時，難道這個時代根本沒有考古價值？

「不過，這樣子對你來說，應該也比較好吧？」

我的確很想打破這曖昧的現況，也想幫長門退燒。

「然後這完全是在下的猜想──」

佐佐木接著說：

「我們當前的問題，也許就只是要證明存在意義而已。不管什麼人，也許都只是為了讓自己的存在意義成為確切的事實而努力也說不定。和外星人、未來人和超能力者都無關，也許每個人都是以一個唯一且單純的動機生活著，而那也許就是希望他人認知自己確實存在。阿虛，你也已經認知到九曜小姐、藤原先生和橘小姐現在就在這裡了吧？就算他們即刻從此消失，你也忘不了他們吧？此時此刻，他們無庸置疑地存在於這個世界。說不定他們的願望，只是想傳達『別忘了我們』這樣一個簡短又傷感的訊息呢。」

還是搞不懂。為什麼一定要到這個時代對我做這些不可啊？我確實死也不會忘記他們的長相和言行，可是那又怎麼樣？我既不是有紀錄狂的宮廷文官，也不是什麼史書總編，要鬧就去塔西圖（註：西元一世紀羅馬帝國執政官，元老院元老，也是著名歷史學家）或希羅多德（註：西元前五世紀的古希臘作家，將旅行見聞及第一波斯帝國歷史編成《歷史》一書）的時代不就好了，要不然這個時代還有很多人有類似興趣啊，為何偏偏是我？

當我反芻著佐佐木的論點時，那位前同學兼前補習班舊友的女孩，正不知怎地瞇起眼，雙手握拳在臉頰上按摩似的擠來擠去。怎麼，美容體操啊？

「不是啦。」

佐佐木放下了手。

「只是和你講話時，在下的臉就不知道為什會固定成笑臉。臉部肌肉僵久了不太好，再說現在聊的也是嚴肅話題，就想試試這樣表情會不會有所改變，有差嗎？」

雖然我用分辨七星瓢蟲和二十八星瓢蟲之間差異的集中力去觀察，卻仍看不出有何變化。賊笑和瞇眼笑啊……是說從國中以來，我就好像沒見過佐佐木臉上有微笑之外的表情。

看著她的臉，我突然想起一件事。

「那妳的存在意義又是什麼？」

她旋即張口回答，像是早已預料到這個唐突的問題。

「身為一個人類，當然就是要盡力留下自己的基因。將自己的構成要素藉由子代流傳後世，就是生物的本質，至少在這地球上都是這樣。」

我才不想聽那種進化論式的回答咧。就算知道要怎麼留下基因又怎麼樣，還是有點答非所問的感覺。

「真是的。人為何而生、為何而活這種問題，只不過是種禪問答罷了。乍聽之下有點觀念上的意義，實際上什麼也沒有。不過，若以此為出發點重新回答，在下的存在意義首先是『思考』，再來就只有『繼續思考』一途可選。在下只有死了才會停止思考，反過來說，停止思考幾乎與死亡無異。屆時『在下』這個性格就會消失，之後只會像個動物為生存而活吧。」

佐佐木咯咯低笑。

「在下想對這世界的森羅萬象永遠思考下去，至死方休。」

那思考的終點又有什麼啊？呃，請回答生小孩之外的。

「真是個好問題呢，阿虛，那的確是很人性化的問題。若想留下基因以外的東西來證明自己曾經活在這個時代，當然不需要侷限於胺基酸組成的雙螺旋。有史以來，人類一直在地球上留下了各式各樣的東西，有奢侈的大遺跡，也有劃時代的小發明。當時最尖端的科技、國家文化藝術品、全新技術系統或未來永續的理論……」

從佐佐木的表情能看出來，她的思緒正進行著跨時代的腦內時光之旅。

「在世界史上學到的歷史偉人，也是做了一些足以被稱為偉人的行為才會名留青史。在下的身心雖矮小又無力，但在下的思想將成為一切的開端，也許總有一天會想出能流傳至遙遠未來的新概念。老實說，在下的確很想生出一點東西並加以培養留諸後世，當然是ＤＮＡ以外的啦。」

妳的野心還真大。

「能留下的不管是銘言或概念都好。若要說野心，那麼這就是在下唯一的野心。只是在下只想獨力完成，不想假外星人、未來人或超能力者之手。在下的思想只屬於在下自己，不希望有任何人介入，要自己導出結論，那就是在下為自己定義的存在意義。在下要將心裡浮現的原創言語或概念具體化，不受任何干涉或影響，所以九曜小姐和藤原先生反而是種阻礙。至於橘小姐……在下應該能和她成為無所不聊的好朋友吧，她是在下唯一能指望的呢。」

我好像從沒和佐佐木在一個話題上聊這麼久過，也沒聽過她說過這樣的心聲。好吧，我也向她坦承一句。

「佐佐木，要是妳能自由使用春日那種力量，說不定就能實現願望了呢。」

「是嗎，阿虛。可是在下還是個身懷七情六慾的普通人，也是會有想像誰誰誰死有餘辜的時候。若在下的一個小念頭就能奪走一條人命，一定會大受打擊並原諒不了自己，非得讓自己連想都不能亂想不可，所以在下當不了涼宮同學。如果她實現願望的能力和神一樣全能，那麼她能在這世上保持平常心還真是種奇蹟。也就是說，能在涼宮同學和奇蹟之間畫上等號。」

佐佐木像平常那樣諷刺地拉起唇角，直直凝視著我。

「在下原本就否定神的存在，就算存在也不在這世界上，更不會有沒自覺自己是神這種事。你想想看，你會因為喜歡自己的金魚缸就跳進去嗎？會特地從外頭闖進水族館玻璃或動物園柵欄之中，和熱帶魚或馴化的野生動物為伍嗎？」

總有種被打迷糊仗的感覺，和腦袋好的人一對一交談就是這點不好，讓我有點期待古泉的救援。

「換句話說，就是高等生命並不會跳進低等世界，無論是人是神都一樣。我就是這麼想的。」

佐佐木誇張地小手一揮，半開玩笑地說：

「看來涼宮同學是個等同於神的人，而且有人認為在下也是。受到在下和她兩個神般的人關愛的你，絕不會只有看戲的份。沒錯，你就是真正負責操刀的人，為舊故事收場、為新劇情開幕就是你的使命，快睜大眼睛看清自己吧，阿虛。你就是關鍵人物，手握能開啟任何一扇門的萬能鑰匙啊。」

雖然我是春日消失時的關鍵人物，不過這次我沒什麼自信。

「這件事將會在你的手中解決，這就是在下現在能做的小小預言喔。」

佐佐木發出清晨鴿子般的笑聲。

「你是在下最信賴的人了，因為你是在下無可取代的親愛摯友啊。」

儘管經過多少物理操作，她的表情仍沒有一刻不是微笑。

「你一定可以的。在下甚至覺得只有你才辦得到，所以你更應該放手去做。假如神級的涼宮同學、外星人長門同學、超能力者古泉同學都辦不到，那就只能賭在普通人代表的你身上了。那是你的特性，也是優勢。阿虛，你會和他們或我們相遇不是沒有理由的，你一定有自己該扮演的角色。就算要在下拿從小就愛不釋手的貓咪玩偶當賭注也行喔。」

像是句點似的，佐佐木環視我的房間一周後，站起身來微笑說了句「該告辭了」，又接著說：

「不必送在下回去了，你已經給了在下一段愉快的時光。替在下向你那率直的妹妹和令人羨慕的貓咪問候一下吧，在下還想在下次拜訪時陪她們多玩一會兒呢。」

之後是一段微妙的空白。

佐佐木站著不動，只是端詳我的臉。不知如何是好的我也站得像個棒槌，毫無反應，卻見到佐佐木露出前所未見的遲疑語氣：

「阿虛，其實在下今天來還有一個目的。不怎麼重要，也和藤原先生、橘小姐和九曜小姐都無關，只是想針對在下的學生生活和你談談……」

我不認為自己是個能為佐佐木的學生生活提供意見的好學生，也解答不出足以困擾佐佐木的問題，不過看來她也這麼想。

「還是別問好了，能和你聊這麼多就已經讓在下舒緩了不少。在下很明白，自己的事情自己解決才是正道。唉，早知道就不提了，在下就是這點不好。想找你談那種談了也沒用的事，實在是太自私了，在下先向你道歉。」

這種自己提出又喊卡的行為，在我眼中就像空白試卷到手後又被馬上收回一樣。既然我也無力即席回答佐佐木上門求診的病狀，我的自尊也算是得救了吧？

「可是——」

佐佐木勾出提起一邊唇角的特有笑容。

「能和你當面聊聊實在太好了，讓在下的心意更堅決了呢。」

抱著三味線的老妹跟著我到玄關送行。她抱得並不穩，讓三味線像是中了鎖喉功的摔角手般，難受全寫在臉上。

「再來玩喔——！」老妹一臉開心地大喊。

佐佐木笑著揮別兩人一貓，便頭也不回，行止得宜地離去。

我在玄關一直待到她消失在轉角，但她還是一次也沒回頭。她到底想另外和我談些什麼呢——

那不帶一點雲彩的完美退場，的確很有佐佐木的架勢。

等到我開始思考她來訪的真正意義，已是月升東山、人泡浴缸的事了。

我看著老妹拿進浴室的塔空戈（註：超人力霸王中的石油怪獸）塑膠玩偶載浮載沉，同時細細思索。儘管浸了那麼久血液循環想必十分順暢，但答案仍不願跳出天靈蓋外。最後只知道她沒出口的話題並非主要，不過就這樣算了實在教人鬱悶。

而且，我總覺得和她對話當中，有個字眼被我一個不留神就忽略到現在，那到底是什麼啊？這段記憶就像輸入錯誤指令而不小心格式化了的硬碟般乾淨溜溜，看來我的腦髓記憶體已經有過載的徵兆，需要加裝高性能散熱片冷卻一番。話雖如此，因泡澡而氣血通暢的身體根本冷不下來。日日不忘泡澡刷牙是我的習慣之一，我也絲毫不覺得有哪裡不對。儘管我沒有潔癖，但一天不那麼做就會全身難受。哎，反正這種人又不只我一個，對不對？

另外我必須坦承，今天佐佐木的來訪實在讓我鬆了一大口氣。和她聊過，讓我再次體認到她的確值得信賴。縱然論調和思考方式稍微異於常人，但仍是個普通女高中生，和國中時期一個樣。要是佐佐木進的不是明星高中而是北高，那又會如何呢？說不定古泉和橘京子會同時轉學進來，讓我的高一時光過得更加混沌。只是這些ＩＦ的事想再多也沒用，現在還有別的事要考量。

「可是——」我嘆息參半地自言自語：「說是這麼說……」

話聲在浴室牆面敲出回音。老實說，我真的覺得腦子一片空白的自己很沒用。

「既然這樣，也只能早點上床請仙人報夢了。」

我將幾乎能以盼望一詞蓋之的寄託性夢境觀測喃喃掛在嘴邊，跨出浴缸後拉開摺疊式的門。在踏墊上恭候已久的三味線迫不及待地衝進浴室，狂飲洗臉盆裡的水，小舌滋滋地響了一會兒，然後突然抬起頭——

「嗶喵～」

大概是這樣叫的吧。那就像一句糾正我錯誤想法的警告貓語，但我還來不及問，牠已用貓爪喀喀敲著地板飛快消失在樓梯頂，目的地八成是我的床。

下次就帶三味線去見九曜好了，說不定被封在牠腦裡的什麼什麼生命體能派上那麼一點點用場。

但是——

「還是算了。」

我已經放棄讓別人替我如願的教義了。現在，我只能獨自硬幹到底。先把究竟能做什麼之類的問題擺在一邊，放手去做就對了。佐佐木都這麼勸我了，對一個陰錯陽差來到地球附在狗身上的阿呆精神生命體有所期待，也是蠢事一樁。就讓我證明太陽系居民佔的地利，比什麼仙女座病菌（註：《The Andromeda Strain》中譯天外病菌，由侏儸紀公園編劇麥可．克萊頓於 1969 年所著之小說）更凶更猛吧。

很好，該是讓九曜或藤原見識見識現代地球人不可小覷的時候了。本來這是件必須請託地位、名聲和ＩＱ都比我高N級的大人物來做的事，但是事到如今，我又怎麼能把圍繞涼宮春日的超自然包袱隨便扔給一個路人呢？對方一定會賞我白眼，我也不想那麼做。這是一場針對ＳＯＳ團的隨堂考，解題者自然非我們不可。

而且在不知不覺中，我已成為一個必須東奔西跑四處斡旋的中心人物。聽見臥病在床的長門心聲的只有我一個，雖不知那是不是無意識的產物，但她仍找上了我。要是連ＳＯＳ團這樣一個微小組織的成員都救不了，我又能做些什麼？頂多是幫老妹做作業或制止老媽將三味線剃光頭罷了。與其一直這麼傻傻地隨波逐流，倒不如偶爾像條歸鄉的香魚逆流而上更來得有聲有色。

再說，我的終極目標也只是讓長門痊癒這麼簡單而已啊……

喔喔，突然有種渾身是勁的感覺。

我的自制力正無限狂飆。如果能將這份熱情用在念書上，老媽肯定會感動落淚，但這和那是兩回事，抱歉啦。總之，地球內外沒有任何智慧生命體能打消我的決心。喔喔，難道英雄的素養已在我心中萌芽了嗎？要不是我現在剛洗完澡一絲不掛，我定將右手高舉向天，沒頭沒腦地激昂一下。

就算說現在的我萬夫莫敵也毫不為過。前幾個小時的我沉默寡言遲疑不決得連梅雨正濃時的蝸牛都會恥笑，而佐佐木就是想給這樣的我來一記當頭棒喝。即使她講得雲淡風輕，好像都在一旁打轉，卻能誘導對象的思維，這是何等高明的心理戰術啊。這傢伙實在太恐怖了。

「乾脆就來大鬧一場吧，一定要把未來人、外星人和超能力者統統趕出我的視線範圍。」

不用說，朝比奈（小）、長門和古泉都不在計算之內。森小姐和喜綠學姊又該怎麼算呢……

我沉醉在有的沒的虛幻夢想裡，淨說些樂觀的話，但是另一個我卻在心中某個角落，以冷靜得令人厭惡的態度諷刺地自嘲。說起來，那個我也許還比較像原來的我，而我也無法否定那個總是在關鍵時刻潑冷水的超我深層意識。

那個我是這麼說的——

除了我之外，應該還有人能勝任超級英雄的角色吧？

沒有別的，就是那個人。

不，那個人才是——

之類的吧。

——《涼宮春日的驚愕》（後集）待續

Kadokawa Light Novels

夏日大作戰（全）

原作：細田守　作者：岩井恭平

第33屆日本電影金像獎最優秀動畫，
完全改編小說版，引爆夏日家族威力！

小磯健二受到心儀的學姊筱原夏希拜託，與她一起前往長野縣的鄉村小鎮，在這裡收到一串神秘的數列。擅長數學的他計算出答案後，隔天卻世界大亂！為了拯救世界，健二和夏希以及所有親戚挺身而出！這是一個教人熱血沸騰，卻又親切溫柔的夏日故事。

NT$200/HK$55

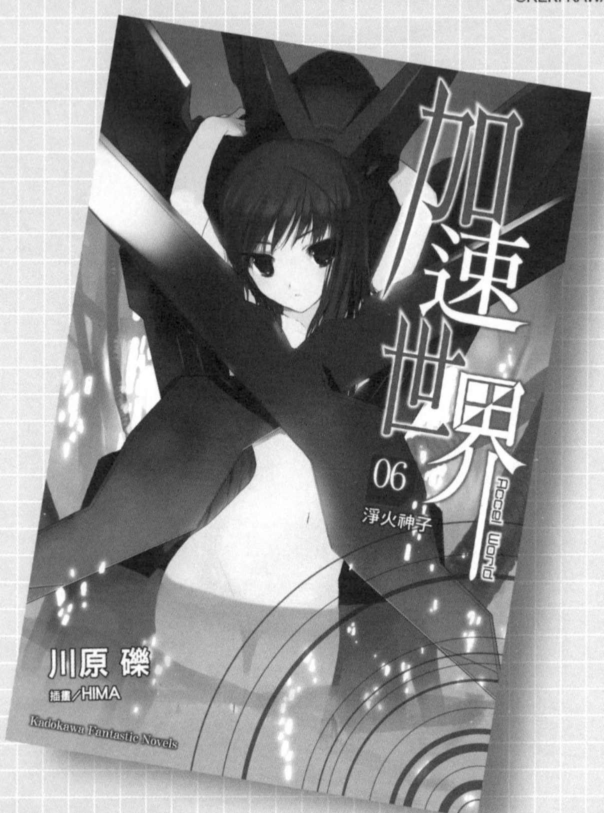

加速世界 1~6 待續

作者：川原 礫　插畫：HIMA

相隔兩年的「純色七王」再度重逢——
春雪即將面臨進入「加速世界」後最大的危機？

在與神秘組織「加速研究社」交戰的過程中，春雪受到突然復活的「災禍之鎧」侵蝕。對此「純色七王」召開了「七王會議」，要求春雪透過「淨化」的方式，完全解除這件強化外裝，然而掌握「淨化」的虛擬角色，卻被囚禁在一處令人意想不到的所在……

各 **NT$190~220/HK$50~60**

Kadokawa Light Novels

冰結鏡界的伊甸 1~2 待續

作者：細音 啓　插畫：カスカベアキラ

被世界法則所拒絕的少年正尋找方法，
試圖去守護那位體現世界法則的少女——

墜入穢歌之庭、遭謎樣的幽幻種感染而變成異端的少年榭爾提斯，為了成為結界巫女優米的專屬護衛「千年獅」，再次進入從前被逐出的天結宮。然而等待他的卻是眾人對於異端的孤立……對嚴苛的天結宮來說，光是有保護優米的決心依然不夠嗎？

台湾角川

各 NT$190/HK$55

Kadokawa
Fantastic
Novels

涼宮春日的驚愕（前集）

（原著名：涼宮ハルヒの驚愕（前））

2011年5月25日 初版第1刷發行
2023年12月15日 初版第3刷發行

作　者：谷川流
插　畫：いとうのいぢ
譯　者：吳松諺

發行人：台灣角川股份有限公司
總　監：呂慧君
總編輯：蔡佩芬
主　編：林秀儒
編　輯：黎夢萍
設計指導：陳晞叡
美術設計：莊捷寧
印　務：李明修（主任）、張加恩（主任）、張凱棋

發行所：台灣角川股份有限公司
地　址：104台北市中山區松江路223號3樓
電　話：（02）2515-3000
傳　真：（02）2515-0033
網　址：www.kadokawa.com.tw
劃撥帳戶：台灣角川股份有限公司
劃撥帳號：19487412
法律顧問：有澤法律事務所
製　版：巨茂科技印刷有限公司
ISBN：978-986-287-159-1